後宮の花シリーズⅩ

後宮の花は偽りを愛でる

天城智尋

双葉文庫

目次

蒼妃「そうひ」
双子の姉で、相国では蟠桃公主と呼ばれていた。威国に嫁ぎ蒼妃となった。
郭翔央「かくしょうおう」
相国の身代わり皇帝。叡明の双子の弟。白鷺宮。蒼妃の『可愛い弟』の一人。
郭明賢「かくめいけん」
蒼妃と相国双子の歳離れた末弟。蒼妃にとって『可愛い弟』の一人。
陶蓮珠「とうれんじゅ」
相国の身代わり皇后。翔央を支える元官吏。蒼妃にとって『妹』の一人。

人物紹介

郭叡明［かくえいめい］

相国の本物の皇帝。翔央の双子の兄。喜鵲宮。蒼妃の『可愛げない弟』。

冬来［とうらい］

威国の公主。相国皇帝（叡明）に嫁ぐ。冬来の名を賜った蒼妃の『妹』の一人。

その他の登場人物

【秋徳《しゅうとく》】……相国の太監。元は翔央の部下で武官だった。
【蒼太子《そうたいし》】……威国蒼部族の太子。相国の蟠桃公主を妃に迎えた。
【榴花公主《りゅうかこうしゅ》】……華国先王の最後の公主。翔央の正妃候補として訪相後、威国へ亡命。
【朱景《しゅけい》】……榴花の侍女だった青年。蓮珠の母方の親類。榴花と共に威国へ亡命。
【黒公主《こくこうしゅ》】……威国黒部族の公主。相国では威公主と呼ばれている。
【黒太子《こくたいし》】……威国黒部族の太子。次期首長の最有力候補。黒公主の異母兄。
【威首長《いしゅちょう》】……威国十八部族の頂点。相国先帝・郭至誠《かくしせい》とは旧知の仲。

第一話

暮雲春樹

〔ぼうんしゅんじゅ〕

■一■

その街には、異国に来たことをはっきりと意識させるニオイがあった。

「これが……威《い》国の都……元都《げんと》」

秋徳《しゅうとく》が騎乗のまま街門を抜けて入った街の光景は、高大民族《こうだいみんぞく》の文化に色濃く染められた相《そう》国の都・栄秋《えいしゅう》とは異なり、石造りの建物が並んでいた。

「さすがに、都は定住型なのですね」

「はい。あと、国内の大きな街、大きな部族の本拠《ほんきょ》などでも、この形式を採用しています。長く同じ土地に留《とど》まるには、この建築様式のほうが向いていますので」

威国の黒太子《こくたいし》がつけてくれた案内人には、秋徳がここに来るまでに見た移動式住居が立ち並ぶ光景を想像していたのがバレているようだ。

故郷とも想像とも違う街並みは、秋徳を緊張させると同時に、旅先の景色に見入る心地にもさせた。

「街の色に一体感があり、人々には活気がある。馬に乗っている人も、馬を伴って歩いている人もいるところが威国らしくて、またいいです。……とても美しい街だ」

秋徳は馬上にあるせいか、武官時代の感覚で素直な感想を口にしていた。

「ありがとうございます、秋徳殿。相国皇帝のお近くにいるあなたのような立場の方からそう言っていただけることを、大変嬉しく思います」

案内人の言うとおり、皇帝付き太監《たいかん》としての秋徳は、本来自分の素直な感想というものを口にすることはない。黙って皇帝の傍《かたわ》らに控えているのが本来の姿だからだ。

「宮城《きゅうじょう》に行くと、もっと驚かれると思いますよ。この街の風景を見てからだと、特に」

進む大通りの先、街の最奥に、明るい声で案内人が指さす方向に、城が見えた。

街のどの建物よりも高い場所に、いくつもの巨大な四角で構成された石造りの宮城があった。高台に建つ楼閣のような多層階の城は、それだけで威圧感がある。白に近い石肌が陽光を照り返して輝き、城門の手前には、草原の風に巨大な黒旗《こっき》が翻っている。天帝《てんてい》が住んでいそうなその姿は、見る者に畏怖《いふ》を抱かせる力強さを持っていた。

「……あれが、威国の宮城」

眩《まぶ》しさに片手をかざして城を仰ぎ見る秋徳の視界に、なにかが遠くできらりと光った。

よくよく見れば、大通りの奥から、馬が一頭、こちらに駆けてくる。その勢いは、もう爆走といっても過言ではないほどだ。しかも、その馬に跨《またが》っているのは、いつだったかに見た覚えのある蒼色の衣装をまとった女性である。

「うわー、見まごうことなく我が主《あるじ》の姉上ですね……」

母親が違っても、姉弟でそっくりとは……。そう和んだのは一瞬のことで、秋徳はハッとした。

ということは、この自身の身分の高さを考えずに、護衛ほったらかしで馬を爆走させる傾向は、父親の血筋ということなのでは……？

秋徳が、先帝《せんてい》もまた己の主と同様に戦う人であることを知ったのは、つい最近、正確には一昨日のことだ。それまでは、芸術系に傾倒し、あまり政治には興味のない人物という印象だった。先々帝の皇后で、先帝の代でも長く権勢をふるった呉太皇太后《ごたいこうたいごう》の言いなりになっている弱い皇帝。そういう見方は、秋徳が長く庶民として育ち、その感覚で雲の上の方々を見ているが故《ゆえ》のものだった。

実際は、呉太皇太后に死地へ送られても生き残った不屈の皇子であったようだ。先帝には先帝の思惑があって、その実現のためだけにずっと機を待って、息を殺し、呉太皇太后に従順なふりをしてきたという話だったらしい。

秋徳としては、まだよくわからない。どうも主・郭翔央《かくしょうおう》の双子の兄、本来の相国皇帝である郭叡明《えいめい》並みに複雑な思考を働かせて動いている節がある。先帝の真意はどこにあるのか……。

「……先帝陛下がお戻りになるのを止めなくて、本当に良かったのだろうか。なにか無謀をされていなければいいのだけれど」

威公主《いこうしゅ》に陶蓮珠《とうれんじゅ》の危機を報せ、援軍を出してもらう。さらに元都に向かいながら黒太子にも援軍をお願いする。元都に到着したら、威首長に状況を報告し、相国皇帝一行の入国および滞在許可を得る。そのための早馬に跨るのは、元武官の秋徳のほうが適していると、先帝から言われてのことだった。

皇族に仕える太監として、秋徳がこれに逆らえるわけもなく、威公主に救援を求め、さらに黒太子にも援軍をお願いするという役割を果たし、主に先んじてこうして元都まで着いたのである。

「まあ、究極の無謀は、華王陛下《かおうへいか》が絡まない限りは回避できるだろうけど……」

華王は、自ら前線に出てくるようなことはないだろうから、二人が直接会うことはさすがにないはずだ。悪く考えがちな自分を否定した秋徳だったが、同時に、とてつもない不安が胸をよぎった。

「我が主、この元都でお待ちしていますよ」

どうか無事に、この元都に着いてほしい。祈るのは、己の主の無事であった。

■ 二 ■

爆走してきた馬は、秋徳のすぐ目の前できっちり止まり、夏の草原よりもなお濃い蒼の衣装に深い青の飾り帯を巻いた蒼妃《そうひ》が軽やかに馬を降りた。

「秋徳！」

抱きつかん勢いで、蒼妃が名を呼んだ。

「蒼妃様。……このような形ではありますが、お迎えいただいたことに感謝しております。しばらくお会いしないうちに馬術の腕を上げられましたね」

秋徳も馬を降り、やや興奮気味に挨拶《あいさつ》を返した。

元々馬好きで知られた公主だった蒼妃は、威国への輿《こし》入れ前に、同じく馬好きの弟・翔央から馬術を習っていた。元が我流の乗り方だったので、正しい軍馬の乗り方を学んだ武官の翔央から学んだのである。翔央がどうにも忙しい時は、当時白鷺《はくろ》宮付き太監であり、元武官として馬に乗り慣れている秋徳が教えることもあったので、この度は、師弟の再会という状況でもあった。師として、教え子の上達ぶりが素直に嬉しい。

「ありがとう。以前を知っている人に言われると、より嬉しいわ。それにしても、秋徳が元都に向かっているって聞いて、驚いたわ。……ねえ、弟たちは、いったいなにをしているの？　凌国《りょう》に向かうことになっていたはずよね？　それが、皆で元都に向かっているって本当なの？」

問われた秋徳が言葉に窮《きゅう》しているところに、蒼妃を追ってきたらしい蒼太子《そうたいし》が同じく馬に乗って到着する。

「こ、これは……蒼太子様。太子ご夫妻に小臣《しょうしん》をお迎えいただけるとは……」

慌ててその場に跪礼《きれい》した秋徳に、蒼妃の容赦ない追及が降り注ぐ。

「秋徳、話の途中！　何か言えないようなことしているんじゃないでしょうね、あの二人は？　そこに父上も絡んでいるらしいじゃない。不安しかないんだけど！」

蒼太子は、蒼妃の肩に手を置くと、やんわりと制止した。

「蒼妃。秋徳も着いたばかりで疲れているだろうから、まずは僕たちの屋敷に来てもらおう。ね？」

蒼太子に宥《なだ》められて、ようやく蒼妃が引いてくれた。だが、すぐさま馬に乗ろうとする。

「じゃあ、宮城へ。首長《しゅちょう》様に到着の挨拶をしないと」

さっさと挨拶を済まさせて、秋徳から話を聞き出したいようだ。

「蒼妃、宮城は人目が多すぎる。首長が、僕たちに秋徳を迎えいくようにおっしゃったのも、相国の状況を知られたくないからだろう。……なるべく別部族が居ないところのほうがいいと思う」

どうやら二人が秋徳を迎えに出てきたのは、威首長の計らいによるものらしい。

「わかったわ、蒼太子。……秋徳、こっちよ」

蒼妃は頷き、すばやく騎乗すると、馬首の向きを宮城のある北から北東へと変えた。

秋徳は、このまま宮城へ向かう案内人に礼と別れの挨拶をしてから蒼夫妻に従った。

秋徳が招かれたのは、元都の街中に蒼部族が所有している屋敷だった。

見た目は周囲の住居と同じく威国風石造りの屋敷だが、内装は、どちらかというと高大文化の影響が濃く出ており、細かく区切られた部屋が連なる間取りになっていた。栄秋の後宮にある威宮《いぐう》をちょうど逆転したような造りになっている。一方で、露台《ろだい》から眺める庭は、木々の彩りや奇岩《きがん》の置き方から完璧な華国式庭園になっていた。

「いい庭でしょ？　黒公主《こくこうしゅ》様から趣味の良い庭造りをする者たちを紹介してもらったの。あとで秋徳にも紹介するわね」

太子夫妻は、通常宮城内にある蒼部族の区画に設営した幕舎《ばくしゃ》で暮らしているそうだが、そちらは生活の空間であるため、客人を迎えるための屋敷を街中に持っているのだという。

これは、蒼部族が国内の貿易事業を主導し、他国からの客人を迎えることが多いためだ。

茶葉と茶器、湯を用意させると、蒼妃は使用人を下げた。

「秋徳、久しぶりにあなたの淹《い》れるお茶を飲みたいの」

秋徳としても自身の主の姉上の前で、客人のままでいるつもりはない。喜んでお茶を淹れさせてもらった。なにより、日常の動作は、秋徳の心を落ち着かせる。隣国の太子夫妻の前で、仕える者の本分を発揮できることで緊張が和らいでいくのを感じた。

蒼妃が、それを微笑みながら見ている。秋徳の緊張をわかっていたのだろう。こういう下の者への配慮の仕方は、姉弟でよく似ている。

感謝も込めて、いつも以上に細かく気遣って一杯を茶器に注ぐ。

「……驚いた。同じ茶葉でも、淹れ方でこれほど変わるものなのか」

「でしょう？　秋徳の淹れるお茶はすごいのよ。翔央が、その場、その時間に最適な温度と濃さで出してくるって言っていたわ。……あとは、馬に乗ってきた飲み手への配慮ね」

蒼妃は、あれだけ馬を急がせていたのだ、香りを楽しみながらゆっくり飲むより、喉の渇きを潤すために少し多めに口に含むはずだ。そのための温度と濃さで淹れた。翔央が自身の宮の庭で馬を走らせた後に飲むお茶の淹れ方を、元都の気候を考慮して少し変えて出したのだ。

「お二人のお口に合ったようで、嬉しく存じます。……では、小臣がここに居ります経緯のお話を」

秋徳も今度は落ち着いて、物事を整理した形で話すことができた。

「……そうとう病んでいるわね、大陸中央って」

主に右龍《うりゅう》・龍義《りゅうぎ》に関連した話で、蒼妃が顔中に不快を露わにして、そう感想を口にした。

「百五十年もの間、戦いしかしてこなかった地域だから、色々考え方が違うのは仕方がないと、主上はおっしゃっておりました」

この場合の主上は叡明のほうである。歴史学者の肩書も持つ皇帝は、大陸中央がこれまでどのような歴史を刻んできたかを戦略上重視していた。

「考慮はするが、受け入れるつもりもないとも。……ですので、相国側は一時的に遷都《せんと》することで、龍義側に栄秋を攻める口実を失わせました。ですが、受け渡したわけではありません。抗戦の構えは解いてはおりませんので」

龍義に屈するわけではないことを伝えれば、蒼妃が力強く頷き返す。

「そうね。だからこそ、黒公主様と黒太子様が向かわれたのでしょう？　なら、すぐ終わるわ」

黒公主は、威公主の威国内での呼び方だそうだ。横から蒼太子が補足してくれた。蒼妃が新たな茶を所望して、秋徳に茶器を差し出す。日常、臣下との距離が近いのだろうと感じさせる所作だ。威国に馴染《なじ》んでいる様子が微笑ましい。

「よくやったわね、秋徳。頼るのにあのお二人を選ぶなんて大正解よ。威国内でも相国に対して好意的に接してくださる方々だから」

やはり十八もの部族から成る国家は、色々と事情があるらしい。

「すぐ終わったとしても、元都までは着くにはそれなりに時間がかかるんじゃないかな」

「そうね、身一つで馬を乗り換えながら元都を目指した秋徳とは違って、連れてくる者もそれなりにいるでしょうし。いいわ、待ちますとも。可愛い弟二人が元都に来るのよ、気合を入れて迎える準備をしておかなくちゃ。翔央だけじゃなく、明賢《めいけん》もこっちに来てくれるなんて嬉しすぎ！　ねえ、蒼太子。みんなが凌国に向かうなら、蒼部族の本拠から船を出しましょうよ。元都から部族の本拠までの道のりはもちろん、本拠の港から凌国へ出航するところまできっちり面倒を見るわ。でも、本拠の港から凌国の港までは、すぐなのよね……。黒龍河《こくりゅうが》は流れも穏やかだし、小型船を手配して、明賢と二人で乗って渡っちゃおうかしら。小型船ではしゃぐ明賢……、想像するだけで癒されるわ。……あ、もちろん、可愛げないほうの弟も、ちゃんと迎えてあげるわよ」

秋徳は、翔央と明賢という可愛い弟枠から外された叡明を不憫《ふびん》に思ったが、よくよく考えると、叡明なら可愛い弟に数えられることのほうを拒否するだろうと思い、とくに叡明が数に入っていない件は言わないでおいた。

「義妹たちに会えるのも嬉しいわ。清明節《せいめいせつ》に訪相した際に、栄秋の街に出て三人でお茶会したの。またやりたいけど、威国のお茶は、やっぱり、まだ……もうちょっとなのよね。だからといって、わたしが淹れ方を教えられるわけでもないから」

蒼妃は、あくまで大国の箱入り公主である。お茶を淹れてもらうことはあっても、誰かに淹れる側になるということがなかったから、良い淹れ方の説明もできないのだろう。

「そうだ、みんなの到着を待っている間にお茶の淹れ方の先生でもしてくれない？」

暢気《のんき》な提案に、皇族の教育係という太監の重要な一側面で諫《いさ》める。

「よろしいですか、蒼妃様。相国の臣民もまた、苦境と不安の中にあるのですよ」

だが、相手は戦闘部族国家に嫁いだ公主だった。戦いの結果に重きを置く。

「大丈夫でしょう。だって、叡明という頭脳があって、翔央と白公主《はくこうしゅ》の武技もあるのよ。そこに黒公主様と黒太子様が加わったら、そのまま大陸中央の拠点を陥落することだって可能だわ」

普段から叡明のことを可愛くない弟と公言するも、その頭脳には絶対的信頼を置いている蒼妃を、秋徳は微笑ましく思った。

たしかに、その布陣は龍義の拠点をも、一気に崩壊させることができそうだ。

「ですが、我が主は戦いの場に身を置いているのです。……正直、馬をお借りして、来た道を戻りたいくらいなのですが」

だが、秋徳を元都へ向かわせたのは威公主と黒太子で、元都に到着後、案内人からは元都滞在の許可が出ていることは聞かされたが、都を出ていいという許可はもらえていないようだ。元都から出るな、という無言の命令なのだろう。出自はともかく、これでも皇帝に近侍する重臣といえる。勝手に出入国していい身ではないと、秋徳も承知している。

「……それに、わたくしの茶は、けっして宮廷風というわけではないですから、どなたかに教えるというのも」

威国の上の方々の決定に反抗的ではないことを示すために、そう秋徳が言えば、蒼太子が驚きの声を上げる。

「そうなのか。僕はてっきり秋徳は相国の茶の達人なのだと思っていた。清明節の訪相の際に飲んだお茶が忘れられなくて……。元都に戻ってからも、蒼妃とまた飲みたいねって話していたくらいだよ」

「それは大変恐れ多いことです」

少なくとも相国の公主であった蒼妃は、秋徳の事情を分かっているはずなのに、なぜ蒼太子と一緒になって『飲みたいね』などと言っている側なのだろうか。そう思って、蒼妃のほうを見ると、彼女はあからさまに視線を逸《そ》らした。

「ま、まあ、たしかに……宮廷風というか王道の高大帝国風ではないわね。そうすると相国南部風になるの？　たしか、南の出身だと翔央から聞いた気が」

なるほど、お忘れだったようだ。臣下の、ましてや武官になって半ば皇城を飛び出していたような弟の部下の出自など覚えていなくても当然と言えば当然。この方にも公主らしいところがあったのだと、むしろ感嘆する。

「ええ。……わたくしは、相国南部の片田舎《かたいなか》にある茶農家の三男坊です。だから、どんな高級じゃない茶葉でも美味《おい》しく飲める淹れ方というだけで……」

なおも、遠慮した秋徳に、蒼妃が真理を説いた。

「秋徳、飲食は『美味しい』が最強なのよ」

違いない。違いないのだが、生まれも育ちも皇族の蒼妃がそれを言うとは……。やはり、どこか公主として違っている。

「……秋徳。無理を言ってすまないが、お願いできないだろうか。我が部族は、今後の貿易で凌国以外の高大民族を相手にすることが多くなっていくだろう。この屋敷の庭を整えたのも、先々を考えてのこと。……お茶も高大民族との交渉に重要だと思っている」

蒼太子にここまで言われては、断れない。

「……畏《かしこ》まりました」

相国南部に生まれた茶農家の息子が、皇帝の太監に昇り、果ては、なぜか隣国の太子の屋敷でお茶の淹れ方指導をすることになるとは。……ここまでの己を振り返ると、我ながらとんでもない経歴だ。

「まあ、運命の流転なら、蓮珠様のほうが激しそうだけれど……」

新たなお茶の葉の用意をしながら小さく呟《つぶや》けば、主の傍らにある女性を思い出す。

無茶をすることにかけては翔央をも凌《しの》ぐ人物だ。だが同時に、根っからの官僚で、相国のためという行動原理を貫く揺るぎなく太い一本筋が通った公僕でもある。国の存亡にかかわる最前線にいる彼女が、なにごともなく無事に元都に着いてくれればよいのだが。

「……いや、蓮珠様が存在するだけで、なにごとか起こるからなぁ」

もうすでに、予定外なことが起きている。秋徳が一人で元都にいるわけだから。

あんな状況ではあったが、先帝が戻り、威公主と黒太子も加勢してくれたのだ、翔央は無事のはずだ。なのに、胸騒ぎが、ずっとしている。

「なにごともないわけがないか。でも、きっと大丈夫だ。翔央様のお近くには蓮珠様がいる。なにかあっても、どうにかこうにか乗り越えてくださるだろうし……」

自身に言い聞かせ、秋徳は顔を上げた。

「皆様が着いたら……、美味しいお茶を淹れてお迎えしよう」

西の空を見つめ、秋徳は一人微笑んだ。

■三■

兵は拙速《せっそく》を尊《たっと》ぶ……は民族が違っていても同じ、いや、戦闘部族だからこそ、か。お茶の淹れ方指導は、なんと元都に着いた夜に行なわれた。

最初の話では蒼部族だけだと思っていたのだが、蒼部族と付き合いのあるいくつかの部族からも人が来て、なかなか大変なことになった。特に驚いたのは、相国の皇后にあたる黒の第一夫人の侍女まで来ていたことだった。

威国では、首長の妃は『夫人』という位を与えられる。基本的には部族名に『夫人』をつけたものが通称として使われ、蒼太子の生母は『蒼夫人』と呼ばれている。部族序列の頂点にある黒部族だけが首長に三人の妃を出せるので、それぞれに、黒の第一夫人、黒の第二夫人、黒の第三夫人と呼ばれるそうだ。太子妃は蒼妃のように部族名に『妃』がつく。

相国の妃嬪《ひひん》の位にあたる夫人間の序列は、部族の序列で決まるため、『夫人』や『妃』の部分には差がない。

部族序列が頭に入っていない秋徳には、お茶淹れ講義を聞きに来た目の前の女性たちを、まったく同列に扱っていいのかが難しく、非常に気を遣うお茶淹れ教室だった。

できれば、もうやりたくない。そんな秋徳の心の叫びに反して、今回の話は、翌朝には、ほかの部族にも広く知れ渡ることとなった。

「秋徳のお茶の淹れ方教室、大好評だったわ。一晩で、ふだん直接交流のない部族の妃様からも、次は自分の侍女にも……って、声を掛けられたわ」

元都に到着した翌朝にして、仕事が舞い込んでいるようだ。

「蒼妃様も、他部族の方々と交流されているのですね」

相国に居た頃の——蟠桃公主《ばんとうこうしゅ》であった——蒼妃は、あまり社交的とは言えない女性だった。

当時の宮中において、先帝唯一の公主であった彼女は、呉太皇太后に阿《おもね》る派閥からは、いずれ太皇太后が嫌う華国へ嫁ぐ存在として疎《うと》まれ、反太皇太后を掲げる派閥からは、さっさと華国に嫁いで太皇太后派を凌ぐ発言権を得るように圧力をかけられていた。慣例どおりに華国へ嫁ぐことがなかったのは、蟠桃公主のせいではない。華王自身の問題だ。それでも周囲は、蟠桃公主に問題があるように扱い、ほかに降嫁するという話もないまま時だけが過ぎた。彼女は、武門許《きょ》家出身で後に許妃《きょひ》となった「お遊び相手」の許藍華《きょらんか》や仲の良い男兄弟とだけ交流を深めた。派閥を背景に持つ者とは、母方の親戚でさえも近づくことを拒絶していた。

そういう蒼妃であっても、この威国では事情が異なるようだ。もっとも、とても蒼妃らしい事情ではあるが。

「まあ、今でもこの元都で一番の大衆小説持ちはわたしだから、部族間の蟠《わだかま》りを超えて借りにいらっしゃるのよ。その対応で話すの。あとは、どこからか手に入れてきた小説の威国語への翻訳依頼とかも受けているし」

威公主といい、蒼妃といい、威国の上流の女性たちは大衆小説に並々ならぬ熱意を注いでいらっしゃる。

「……大衆小説の翻訳ですか。蓮珠様も再就職に困らなそうでなによりです」

官吏を辞めて、威皇后の身代わり業に専念することになった蓮珠だったが、今回の件で、威皇后の帰国が完了すれば、お役御免となる。蓮珠をよく知る者たちの間では、密《ひそ》かにその今後が心配されているのだ。なにせ、官僚としての側面を差し引いたとしても、あまりにも国家機密の塊《かたまり》。身の安全の確保ができるかどうかの話になってきている。

威公主は「陶蓮《とうれん》は、ワタクシの友」と公言しているので、威公主の保護下にあるほうが、相国にいるよりも安全だろう。もしくは、このたび凌国王太子妃となる翠玉《すいぎょく》の、周囲が不安になるほど強い「姉好き」を頼って凌国に身を寄せるという手もある。相国先帝の秘された公主として生まれてすぐに陶家に預けられた翠玉は、三歳にして養父母を失って以来、姉にして唯一の家族だった蓮珠だけを頼りに成長していったわけで、あの「姉好き」にも致し方ない面もあるが、翔央と二人で蓮珠の取り合いになっていることが幾度かあり、秋徳としては、どちらに理解を示すべきか悩ましい。

いずれにしても、相国は、今後の蓮珠にとってけっして安心できる国ではない。そのことは、秋徳の主である翔央もわかっている。翔央は、郭家が玉座を降りた現状の相国において元皇家の者でしかなく、表向きの肩書は元皇弟に留まる。しかも、その経歴は政《まつりごと》を外れて武官であった期間が長く、白鷺宮（実際は叡明のほう）が公務に集中し始めたのも、ごく最近の話だ。故に、元白鷺宮の翔央そのものには政治的発言力がない。彼自身が、武人として蓮珠を護れても、安心して暮らせる立場を国内に用意できるわけではないのだ。

それにしても、『陶蓮珠』という女性は、大物に好かれすぎている。彼女の取り合いで、相国、凌国、威国の三か国の国交に亀裂が入らないことを祈りたい。

「再就職って何？　あの子は、わたしの『妹』よ。ほかの部族に取られる前に、うちの部族で面倒を見る予定ですから」

どうやら、蒼妃も陶蓮珠を手元に置いておきたいご様子。これは、威国内でも対立が起きかねないようだ。

「なによ?」

なお、丞相《じょうしょう》と行部《ぎょうぶ》の長も裏側で蓮珠を使う気満々だという話も、秋徳の耳には届いている。蓮珠は本当に大物に好かれすぎだ。もしや、これも厄介《やっかい》ごとを呼び込む体質故《ゆえ》のことなのだろうか。

「いえいえ。……いま、『うちの部族』とおっしゃられたので。もう蟠桃公主様ではなく、威国の蒼妃様におなりになったのだと実感いたしまして」

話の方向性を変えるべく、秋徳は微笑んで指摘した。

「そりゃあ、わたしも元都にたどり着いた時には、色々思うところあったけど、まあなんとかなるものよ。住めば都というやつ、……そもそも都か」

蒼妃が腕を組んで、小さく唸《うな》る。

「蒼妃様の場合、元都にたどり着く前からでしょう。ご出立の際、けっこう揉《も》めたと我が主から聞いておりますよ」

出立を渋る姉を、翔央が持ち上げて輿に乗せたという話だ。婚礼衣装を着せられている分、パッと輿から飛び降りることもできず、そのまま運ばれていくのを、見送ったとか。

無論、本気で威国行きを拒絶していたわけではないとも言っていた。そこは、馬術を教えていた秋徳もわかっている。『蟠桃公主』は、負けた国の公主が、脅かされて隣国に嫁ぐことになったなんて悲劇の花嫁ではなく、最終的に自分の意志で威国へ向かうのだということを、周囲に見せるためだったのだろう……というのが、翔央の見解だった。

「いや、だって……この国に着くまでというか、首長にご挨拶するまで、誰に嫁ぐのかさえ決まっていなかったのよ。不安のひとつやふたつ、不満のみっつやよっつ、出てくるってものでしょう。国を背負っての輿入れよ、軽く扱ってほしくなかったのよ」

不安より不満のほうが多かったらしい。

「危機管理的な意味で秘密だったのでは？」

他国からの花嫁が狙《ねら》われるのは、古今東西よくあることだ。

「いや、首長は、相公主の顔を見てから、僕に嫁がせるか最終決定するとおっしゃっていたから、本当に決めていなかったのだと思う」

ずっと黙って話を聞いていた蒼太子が、当時を思い出すようにしみじみと、でも、とんでもないことを口にした。

「……今でこそ、部族の上の方々も相国に好意的な態度をとってくれることが増えたけど、私の輿入れの頃は……ね」

蒼妃も遠い目をした。

蒼太子夫妻がそろってため息をつくから、秋徳は笑いをこらえるのに必死になる。

「……新しいお茶を淹れましょう。お二人のお話をお聞かせください。我が主の入城後も直面する問題かもしれませんので」

秋徳は微笑むと、新しい茶葉の用意から始めた。

第二話

合縁奇縁〔あいえんきえん〕

■一■

相国において公主とは、皇帝の娘のうち、妃嬪の位を持つ公的な妃から生まれた女児に与えられる呼び名である。成人しても皇子のようには公務に関わることがないにもかかわらず、人生の一大分岐点である婚姻を、ほとんど政治的理由によって決められる立場にある。

「公主に生まれた以上、いつかはこうなるってわかっていたわ」

相国の公主である蟠桃公主は、大きな二人乗りの輿で隣に乗っている弟・喜鵲《きじゃく》宮の叡明を相手に、そう切り出した。蟠桃公主というのは、相国今上帝のただ一人の公主に与えられた宮の名に由来する呼び方である。郭彩葵《かくさいき》の名を使う機会は、女性皇族として公務を持たない彼女にはなかった。

「正直言えば慣例通りに華国へ輿入れさせられるよりも、威国へ輿入れするほうがありがたいわね。好きなだけ馬に乗れそうだし、いい馬もたくさんいると思うのよ」

言ってから蟠桃公主は自身の衣装を見下ろし、ため息をついた。

「婚礼装束なんか着ていなければ、自分で馬に乗っていったのに」

威国に嫁ぐと決まってからは、武官をしている弟・白鷺宮の翔央から『正しい軍馬の乗り方』を習った。聞いた話では、威国の馬というのは、ほぼすべてが軍馬で、いつでも戦場を駆けることができる荒々しい気性の馬が多いらしい。我流の乗り方でただ馬任せに走らせるというのは、よろしくないと思ったのだ。なので、翔央から軍馬の乗り方を学んだ。周囲の多くは、太子妃になる公主が軍馬に跨ることに反対した。ケガをされては婚礼に響くとのことだった。だが、威国の太子妃になるのに、まともに馬に乗れないほうが恥ずかしいと強く主張し、練習を重ね、それなりに正しく乗りこなせるまでになったのだ。

「せっかく乗れるようになったのに……。だいたい、婚礼装束を着るのなんて、元都の宮城に着いてからでも良くない？　蓋頭《がいとう》を被《かぶ》っていると周囲の景色も楽しめないんだけど」

それまで黙って姉の愚痴《ぐち》を聞いていた叡明がため息をつく。

「いいですか、姉上。威国の街道を元都に向かうまでの間も外交の一部なのです。威儀を正さねば、威国に対して礼を欠くことになります」

輿に乗る二人は、街道の歩いている威国の庶民の視線にさらされている。花嫁衣装の蓋頭を被っていても、視線は感じる。蟠桃公主は皇族の公務を持っていなかったので、人々の視線を受けることに慣れていない。宮城を抜け出して馬を走らせていた時は、視線など感じる間もなく駆け抜けていたので気にならなかったが、輿は進む速度が格段に遅い。街道をゆく人々の視線がきっちり突き刺さってくる。

「そうは言うけど、叡明。あんたが馬じゃなくて、こうして輿に乗っている時点で、この国的には礼を欠いている気がするのよ」

指摘すれば、この弟には珍しく、真っすぐな称賛を返された。

「よく学ばれましたね、姉上。……ですが、僕の馬術ごときでは、かえって威国の方々を怒らせる可能性が高いです」

怒れる威国の人々を容易《たやす》く想像できてしまう。蟠桃公主は頭を抱えた。我が弟ながら情けない。

「……それは、納得だわ。いつもそれぐらいわかりやすい理屈で、しゃべってくれればいいのに」

蓋頭の下から覗き見る叡明の顔に不満の色はない。馬に乗れるか乗れないか、威国においては、重要な問題であるはずだが、そこで自分の価値が決まるわけではないという自信があるのだ。相国最高の頭脳を持つ叡明だからこそのわかりやすさに、納得させられる。

ゆえに、この弟は腹立たしい。

「それで、けっきょくのところ、姉上のご不満はどこにあるんです？　花嫁衣装のせいで馬に乗れないなんて、たいしたことでもないでしょう。わずか数日後にはその重い衣装を脱いで馬の上なのですから」

弟に問われて、蟠桃公主はちょっと胸を反らして、嫁ぐ喜びを口にしてみた。

「まあね。この先は威国に住むんですもの。重くて動きにくい婚礼装束なんて、宮城に入るまでと成婚式本番だけでしょう？　本場威国の馬に乗りやすい服装に着替えたら、馬乗り放題よ、きっと。それはわかっているわ」

魅惑的な話ではある。これまでは、宮城を抜け出さない限りは、公主が馬に乗るなんて許されなかった。蟠桃公主の母妃は性格がわりとおおらかなほうなので、抜け出して乗る分には、見なかったことにしてくれたあたり、非常に助かった。それでも、毎回お忍び用の男装に着替えて、宮城を出なければならないというのは、それなりに面倒だったのだ。

理想は、思い立った時に、そのまま颯爽《さっそう》と馬に乗り、自身の思うままに馬を走らせることだ。それでこその、日頃のうっぷん晴らしではないか。

「いや、乗り放題は無理でしょう。護衛役に止められますよ、さすがに」

楽しい想像にチクチクと横槍《よこやり》を入れて突いてくるのは、いつだってこの弟だ。

公務に真面目な兄も、遊び歩くばかりの生まれが数日違いの弟も、武官になってしまった弟も、基本的に皇城内に居ない。歴史学者の肩書を引っ提げて、日々引きこもりを決め込んでいるこの弟だけが、自身も皇城内に留められている蟠桃公主の話し相手だった。末弟は、まだ五歳に満たない。年が離れすぎていて、こちらが遊び相手になることはあっても、あちらが話し相手になってくれることはないので、どうしてもそうなる。

ただ、嫌いではない。頭の良すぎる叡明は、小難しい理屈を言いはするが、蟠桃公主の話は聞いてくれる。彼と話すことは、蟠桃公主にとって、自身の考えを整理するのにちょうどいいのだ（もっとも叡明のほうは本を読みながらの片手間でも、ちゃんと蟠桃公主に受け答えできるあたり、腹立たしさを感じなくもないのだが……）。

「護衛なんて表向きの肩書じゃなくて、はっきりと監視役って言えば？　相国の公主として威国に嫁ぐことになった時点で、ちゃんと理解しているわよ。……でも、威国ですもの、城内にけっこう広い馬場があると期待しているんだけど、どうかしら？」

理解と諦念《ていねん》はあれども、理想を完全には捨てないのが、蟠桃公主の信条だ。

「隣国に嫁ぐ花嫁が期待することが、それですか？」

「それ以外になにがあるのよ。……誰に嫁ぐかも知らされていないのよ、そこに期待しようがないじゃない？」

呆《あき》れた弟に、呆れ返して見せる。ついでに、飲みこみ続けてきた本音を、ここでぶちまけておく。

「というか、叡明。ハッキリ言って、わたしは威国の太子に期待していないから」

「姉上、明らかに失言です！」

この弟でも慌てるという珍しいものを見せてもらったので、今後は再びこの本音を飲み込んでおくことにする。ただ、さすがに元都の宮城に入るまでしかぶちまけることができない本音なので、この機に最後まで本音を出しておくとしよう。

「そう？　最初から期待しなければ、どれほどの豪傑《ごうけつ》が目の前に立とうと、顔を引きつらせずに微笑むことが出来ると思うのよね。わたし、筋骨隆々《きんこつりゅうりゅう》の武人は好みじゃないから」

叡明の表情が微妙にひきつっている。こんなやりとりができるのも、おそらくこれが最後の機会だ。可愛くないほうの弟の、ちょっとは可愛い顔を覚えておきたいではないか。

元都へ向かう道中の目標達成で、蟠桃公主は満足していた。

だが、蟠桃公主自身が別の意味で顔を引きつらせ、微笑むことが出来なくなるとは、この時は思っていなかったのだった。

■二■

磨き上げられた石の床を進む。蓋頭があるから足元以外の周囲の様子はわからないが、かなり広い空間であることはわかる。ざわめき具合から多くの人がいることも察せられた。

最奥までたどり着いたのか、付き添いの叡明が足を止める。

「よく来た、至誠《しせい》の娘」

蟠桃公主が弟に倣《なら》って足を止めてすぐに玉座のあると思われる方向から響いた声は、相国の言葉で、『相国皇帝』でなく、父帝の名を出してきた。最初の挨拶だけでも威国語で、と構えていたせいで、逆に相国語での挨拶が口を出てこない。

「姉上、落ち着いてください」

付き添いに通訳も兼ねて傍らにいる叡明がささやく。いつも冷静で可愛げがない弟なわけだが、今日ばかりは頼もしく思う。

「あ、お……お初にお目に……」

「堅苦しい挨拶はよい。顔を見せてくれ！」

なんとか絞り出そうとした威国語を、勢いよく止められる。

蟠桃公主は、再び固まった。嫁いできた花嫁の顔を花婿より先に舅《しゅうと》が見るというのは、ありえないことだった。たとえ、事前に顔を知っているとしても、婚礼衣装を身にまとった花嫁の蓋頭を上げていいのは、花婿だけだ。それと同じように、こういった場では、夫として紹介される太子が輿入れしてきた公主に歩み寄り、顔を上げることを促すのが通常の流れだと自国を出るまでに叩《たた》き込まれた『花嫁の心得』では聞いていた。

「……え、叡明……」

なにが正解なのかわからない。本当にこれで顔を上げても失礼にならないのか。

「婚礼装束は重いので、姉一人では難しいようです。……私が介添えいたします」

叡明が玉座に許可を得てから、蟠桃公主に手を差し出した。弟の手を頼って跪礼《きれい》から立ち上がった蟠桃公主は、ゆっくりと玉座に顔を上げた。

「改めて挨拶だ。よく我が国に来てくれた、至誠の娘。心待ちにしていたぞ」

玉座と思《おぼ》しき豪奢《ごうしゃ》な椅子に座る大きな黒い熊が、人の言葉をしゃべった。

「お、その少し癖のある前髪。至誠と同じだな。そっちの息子のほうはあまり至誠に似てないが、娘は似ているところがある。……それに、いい目だ。弱々しさがない。この国の妃に向いている。実にいいぞ」

父帝とは直接会ったことがあるようだ。しかも、普段は冠をつけるために整えている父帝のあの前髪が実はくせ毛なのを知っているとは、どのような状況で会ったのだろう。

「至誠から娘の話は聞いていたので、相性がよさそうな婿を選んでおいた」

あの父帝が、自分の何を知っていて、どう語ったのか、少し不安なのだが？

そんな蟠桃公主の想いが表情に出ていたのだろうか、威首長はニンマリと笑うと、広間に、先ほどよりも大きな声を轟《とどろ》かせた。

「蒼太子、前へ」

広間全体がざわついた。どうやら、この場に集った威国の人々も、花婿が誰であるかをいま知ったようだ。

玉座を見上げる視界の端に、ひょろっとした人影が入ってきた。

「姉上、身体の向きを蒼太子のほうへ」

叡明の右手に促されて蟠桃公主は左手を乗せた。その弟の手を支えに人影のほうへ身体の向きを変える。

「蒼部族からの太子にございます。御年十九歳におなりです」

威国側の外交担当者と思われる人物が、やや硬い、こちらに聞き取りやすいように意識していると思われる威国語で説明して、蒼太子を蟠桃公主の前に押した。

明らかに豪傑ではなかった。全体に線の細く、顎《あご》から頬《ほほ》のあたりには、まだあどけなさが残っている少年だった。

蟠桃公主の頬が引きつった。拒否反応ではない。ニヤケそうなのを全力で抑え込んでいるためだ。

「蒼太子、十九歳だそうですよ」

叡明が形ばかりの通訳をする。いまの短い紹介の言葉であれば、蟠桃公主も聞き取れている。十九歳、なんと七歳も年下ではないか。蟠桃公主としては、申し訳ない気持ちで胸がいっぱいだが、それ以上に弟の右手に乗せた左手が歓喜にこぶしを握りそうになった。

だが、弟が軽くこぶしになりかけた左手を引いた。こぶし握って天に向かって突き上げたりしないから、むずむずしている左手は無視してくれていいのに。そう思っていると、叡明に小声で怒られた。

「姉上、挨拶！」

そういうことか、ようやく弟の意を理解して、蟠桃公主はほぼ同じ視線の高さにある蒼太子の目を見て、微笑んだ。

「お初にお目にかかります、相国の蟠桃公主にございます。よろしくお見知りおきを」

これればかりは何度も声に出して練習した威国語だ。蒼太子の顔に驚きと感心が広がるのを見て、嬉しくなった蟠桃公主は、ますます笑顔満面になる。

蒼太子もまたぽやっとしていたところを外交担当に促されて挨拶を返してくれた。

「はい、こちらこそよろしくお願いいたします」

蟠桃公主よりも緊張した口調だった。微笑ましさを感じて、もう口の端が緩むのを抑えられない状態だ。

「笑顔であること自体は悪くはないですが……威厳の欠片《かけら》もないですよ、姉上」

人質のはずの妃、なぜか悲壮感の欠片もない締りない笑みで入城……と、威首長の御前を、さらにざわつかせた初顔合わせとなった。

「叡明、見た？　蒼太子様！」

　蟠桃公主は、用意された部屋に入るなり弟を振り返り、興奮の声を上げた。

「あの距離で見えないわけがないでしょう。……良かったですね、姉上のお好きな大衆小説に出てきそうな容姿をしていらした。こころなしか、姉上の反応を見た威首長も満足そうになさっていましたね」

　叡明には、こちらに来る前に威国語を少しでもできるようにしておこうと思い、手元の大衆小説に威国語訳を併記してもらっていた。そのため、蟠桃公主好みの小説に出てくる男性像を、叡明も強制的に知る羽目になったのだ。

「ね？　ねぇ！……ああ、威国の首長様は素晴らしい御方だわ。わたしの好みを本当にご存じなのね。あと、いますぐにでも一時帰国して、父上に感謝の言葉を直接伝えたいくらいよ。よくぞ、正確にわたしの好みをお伝えくださったわ。そして、首長様にも改めて感謝を。父上から伝えられただろうわたしの好みを、曲解《きょっかい》することなく、まっすぐに受け止めて、相性がよさそうなあの方にお決めくださったなんて！」

　我が祖国に西王母《せいおうぼ》様の永遠の御加護があらんことを。遥《はる》か南西の栄秋に全身全霊を込めて感謝の祈りを捧げる。

「いや、その内容で帰国しないでくださいよ、絶対に。……まあ、父上は威首長と頻繁に文を交わす仲だと聞いています。父上も姉上の愛読書はご存じですから、もしかすると、かなり具体的に姉上の好みを伝えていたのかもしれませんね……」

叡明が叡明らしい考察をする。義父に理想の男性像が知られている花嫁ってどうなんだろう。しかも、それを義父に教えたのは実父……。

とはいえ、乙女《おとめ》……というには、年齢を重ねたが……の胸のうちを暴いた罪は、今回ばかりは不問としよう。

「最高だわ。街中《まちなか》にも馬が溢《あふ》れる国。見目麗しい皇子様。方々《ほうぼう》から行き遅れと陰口叩かれようと、公主の地位を捨てて道観《どうかん》（道教の寺院）に駆け込まなくて良かったわぁ」

部屋の中には、叡明と相国からの侍女、宦官《かんがん》しかいない。隠すことない本音を、思う存分に謳《うた》い上げる。

「……最高で並べるものが、大国の公主の言うこととは思えませんけどね」

こちらの気分が盛り上がっているときほど、落としにかかるのが叡明である。

「いいのよ。……で、そういうことだから、もう逃げないわよ、わたし。叡明は、さっさと帰国したら？　それで、父上に感謝を伝えておいてよ」

真顔で弟に帰国を促したが、真顔で返される。

「なに言っているんですか。成婚式出席を理由に付き添って来たのに、元都に到着早々に帰国したら外交問題勃発、即戦争ですよ。姉上は、ご自身の心の平和のために威国に嫁いできたわけではないでしょうが……」

歴史学者の肩書を持つ叡明が専門としているのは、歴史の中でも『国が終わる時になにがあったか』なのだと聞いている。彼の頭の中には、国家が滅亡に至る戦争の端緒がたくさん詰め込まれているのだろう。

「わかっているわよ。……ところで、叡明、あんた暇になったんだから知恵をかして」

今度は真顔ではなく真剣な顔で、蟠桃公主は弟に詰め寄った。

「七歳年上のわたしでも、蒼太子様に可愛い花嫁に見えるようにするには、どうすればいいと思う?」

一瞬の間のあと、叡明は真顔を通り越した無表情で静かに返した。

「……姉上、どう考えても僕の専門外です。なので、僕は速やかに専門である史跡巡りに出ようと思います。せっかく暇にしていただいたので」

「役立たず!」

良すぎる頭を使う検討ぐらいしてほしかった。

唇を尖らせて不満を示した蟠桃公主に、叡明が眉を寄せた。

「ここまでにかなりお役に立ったと思いますけど。……それより姉上。あの大荷物、どうやって蒼部族の方々に運んでいただくか、考えたほうがいいですよ」

叡明が視線で示す先には、相国から運んできた荷物が積み上がっている。大きな櫃《ひつ》が並んでいるが、中身はほとんどが大衆小説だったりする。

「だって、どの本もあんたがたくさん書き込みしてくれた大事なものだから、置いてなんてこられなかったのよ」

どの本にも、叡明が威国語訳をつけてくれている。大陸中を探してもきっとこんな宝物はない、そう思っている。だから、一冊も置いてくることなんてできなかった。姉っぽい自慢をさせてくれるものならば言いたい。わたしの天才な弟は、こんなことができてしまうのだ、と。

「……書籍に圧迫されて、生活に必要なものは最低限しか持ってきていないのですから、自分で必要なものを調達してくださいよ。読み書きは、ほぼ不自由ないところまで習得されたのですから」

ぶっきらぼうに言うが、視線の逸らし方に叡明の照れが見て取れる。こういう時は、可愛げがなくもないと思う。翔央や明賢には負けるけど。

大国の公主が輿入れしたにしては、衣装が極端に少ないという自覚はある。

「大丈夫よ、衣装調達の交渉は筆談でやりきってみせるわ」

「こういうときだけ、僕相手でもいい返事しますよね、姉上は……。ただ、忘れないでくださいね、この国では紙は貴重品です。なるべく筆談には頼らずに会話すること」

実践あるのみとは手厳しい。相国からの侍女も宦官も、成婚式が終われば、叡明と一緒に帰国することになっている。蟠桃公主だけが威国に残される。弟を頼れるのも、あと数日ということだ。

「……地面に棒で書くというのは、どうかな？」

「姉上、ここは草原の国です。地面が露出している場所が少ないと思います」

地面が露出しているところでは使える手かもしれない。地面に文字を書くための棒でも用意しておくとしよう。

「良からぬことを考えていませんか？」

「イエイエ、トテモヨイコトデスヨ。アネヲシンジナサイ」

全く信用していない目で睨《にら》まれてしまった。

■　三　■

威国の東部に本拠を持つ蒼部族。その蒼部族から威首長の妃になった母を持つ蒼太子が、父である首長から呼び出されたのは、威国からの公主が来る日まで十日ほどという頃だった。十九歳という年齢的に、婚姻の話だと思ったものの、相手が相国の公主だと言われて、驚くよりなかった。

蒼部族の国内での序列は十八部族の上から九番目、ちょうど真ん中くらいだ。この国では、どの部族の妃を迎えるように首長から言われるかは、どの太子にとっても大きな問題だった。上位の部族の公主を妃に与えられることは、太子への首長の評価が高いことを意味するからだ。だが、蒼太子が告げられたのは、どの部族の名でもなく、相国の公主を与えるというものだった。

国内でも最も東に部族の本拠があるため、蒼太子は大陸西の大国・相との戦いに参加していない。勝ち戦だったが、首長が恩情で和平に応じたのだと、西に本拠を持つ部族の者たちが話していた。つまり、自分は敗戦国の公主を妃にするように言われたのだ……と、蒼太子は肩を落とした。

強さがすべての威国で『弱い』妃を与えられたことは、蒼太子自身が弱いと言われたのと同じことだからだ。

「凌国との貿易をしている蒼部族は、この国では一番に高大民族の言葉に精通している。相国語と凌国語は、一部の言葉を除けば、ほぼ同じ。会話に支障はないはずだ。適任であろう？」

首長が蒼太子を選んだ理由は明確で、それ自体は蒼太子としても理解できる。そう思ったとしても、実質的には弱者の烙印《らくいん》を押されたようなものだ、快諾するとは返せない。
「最終的には、相手の顔を見て決めるつもりでいるが、恐らく数いる太子の中で、そなたが一番に相応《ふさわ》しい」

首長の口ぶりは、蒼太子の弱さを蔑《さげす》むものではなく、むしろ、めったにないくらいの上機嫌だ。その機嫌を損なわぬように、顔を見て決める意味も、自分のなにが、どう『相応しい』のかを問うこともできないまま、花婿に内定した蒼太子が花嫁と顔合わせする日はやってきた。

玉座の置かれた大広間で、父首長は蒼太子に言っていたように、相公主の顔を十分に確認してから蒼太子を最前列へと呼んだ。ざわめきの中を進み出る間にも、相公主を与えられるのが蒼太子とわかって、ニヤニヤしている他部族の太子の視線に晒《さら》される。

緊張と憂鬱《ゆううつ》が混じった、あまり良くはない気分で蒼太子は、その人の前に立った。

初めて顔を合わせた相公主は、蒼太子の想像していた敗戦の国から人質として送られてきた女性とは違っていた。

「お初にお目にかかります、相国の蟠桃公主にございます。よろしくお見知りおきを」

なまりのない綺麗な発音の威国語だった。そう、蟠桃公主は威国語で挨拶したのだ。それだけでも、驚き感心したが、なによりその表情に目を奪われた。

艶やかな黒髪を相国風の煌《きら》びやかな髪飾りでまとめ上げていて、形のいい額から凛々《りり》しく引き締まった顎の線までしっかりと見えている。目尻《めじり》の上がった大きな瞳と、一字眉《まゆ》が印象的な女性だった。

この部屋に入ってきた時は蓋頭を被っていたので、相皇子に手を引かれて歩く姿もぎこちなく弱々しい印象を受けたが、緊張していただけなのかもしれない。いまは堂々と顔を上げているし、表情も明るく、声にもおどおどしたところがなく、悲壮感の欠片もない。

蒼太子の目をまっすぐに見て、微笑んでいるのだ。

「はい、こちらこそよろしくお願いいたします」

蟠桃公主よりはるかに緊張した声になってしまった。

周囲の失笑が耳に入ってくる。だが、目が合ったまま逸らせないでいる蟠桃公主は、嘲笑でなく、ますます晴れやかな笑みを浮かべている。

首長からは、七歳年上と聞いている。これが大人《おとな》の女性の余裕というものだろうか。

蒼太子は、周囲がどれほどざわめいていても耳に入らず、目の前に立つ美しい女性を、ただ見つめていた。

花婿である蒼太子との顔合わせを済ませた蟠桃公主だったが、その日は本当に顔合わせだけだった。なにせ、威首長は蟠桃公主の顔を見てから、どの太子の妃にするかを決定するとしていたために、威国側で蒼太子を花婿とする衣装や装飾品の用意ができていなかったのだ。

そのため、成婚式の準備が整うまでの期間に、宮城内にある蒼部族の幕舎《ばくしゃ》で生活することになった。東方大国凌との貿易を行なっている蒼部族は、高大民族の言葉に慣れている者が多いので、威国に慣れるためにもちょうどいいだろうという話になった。

高大民族の言葉は、大陸の東西で多少の発音の違いはあれど、使う文字や文法は共通しているので、問題ないだろうというのが、歴史学者ゆえに言語にも精通している叡明の見解だった。そういうことなら相手のご迷惑になることも少なくて済むだろうということで、蟠桃公主はこの提案をありがたく受け入れた。

元都入りの翌日、蒼太子の案内で、蟠桃公主は元都の宮城内にある蒼部族の人々が生活する区画へ向かった。

「……ここが、蒼太子様が日々を過ごされているところなのですか？」

石造りの宮城の巨大な裏庭には、広大な草原が広がっていた。その一角に、数個の幕舎が集まったごく小規模な集落のようなものがあった。周辺を見渡すと、距離を置いていくつもそのような幕舎が見えた。それぞれに大きな旗が風にはためいている。ここに蒼部族の旗があるところをみると、それぞれの部族の区画があるのだろう。

「ええ。草原の都と呼ばれる元都は、黒部族の拠点だった場所に作られた高大民族風の街です。伝統的な移動型住居と高大民族の建築様式を取り入れた建物とが混ざっているのです。宮城内には、首長を中心とする黒部族の者たちが住む皇城と、各部族から首長に輿入れした妃とその従者が住むオルド……高大民族の言葉にすると幕営《ばくえい》かな……があります。幕営は部族ごとに置いていて、ここが、我が蒼部族の幕営です」

相国にはない初めて聞く言葉も、蒼太子がなんとか考えて高大民族の言葉で説明してくれる。こうした人柄に触れる機会を得られたことに感謝せねば。威首長は偉大なり。

「では、ここで蒼太子様の御母上と暮らしていらっしゃるのですか？」

胸中で首長を称えつつ、若干の緊張とともに蒼太子に尋ねた。顔合わせの場だけでなく、その後も威国での母となる蒼太子の母后の紹介はなかった。

相国の公主など、受け入れられないので会いたくないとかいう理由だったらどうしよう。

そんな不安を抱えての問いかけだったが、蒼太子は首を傾《かし》げ、しばし考えている。

「も、もしや、威国では花婿の母へのご挨拶はしないのが常識なのでしょうか？」

「あ、そういうことですね。……いえ、母はもうここにはおりません。威国の妃は次期首長候補となる男子を産むと、頃合いを見て部族の本拠に戻るのです。だから、今は僕とその従者だけが暮らしています。威国の太子は、同世代の首長が決定するまでは元都の宮城で生活することになっているので。ただ、成人すると母方の部族の仕事も入ってきますから、それぞれに国内を動き回っていて、どの部族の太子もあまり宮城に暮らしている感じはないですね。すでに妃を迎えている太子も何人かおりますので、幕営によっては太子妃とその従者、生まれていれば子どもも暮らしていて、ここよりもずっと大所帯なところもありますよ」

「そうですか、蒼部族の本拠に……」

相国の公主など受け入れ拒否という話ではないことに安堵《あんど》するも、新たな不安がわいてくる。太子の母后がいないということは、来て早々に、この蒼部族の幕営の女主人になるということだ。蟠桃公主の知る他家の女性との交流は、年上の女性親族を介して始まるものだ。誰の紹介もなしに、いきなりほかの部族の女性に声を掛けていいのだろうか。

引きつった頬に気づいたのかもしれない。蒼太子が、優しく提案してくれる。

「蟠桃公主様の荷物を運びこんで、少し落ち着いたら、各部族の幕営に挨拶回りをしましょう。その時にほかの幕営も見てみてください。部族ごとに色味だけでなく、中の調度品にも違いがあるので面白いと思います」

威国語に相国語が混ざる、やや混沌《こんとん》とした会話をしつつ幕営に近づくと、蒼部族の区画には、大きな幕舎が二つ、それよりは小ぶりな幕舎が三つの五つの幕舎から成っていた。

「幕営というのは、ひとつの住居を意味するわけではないのですね」

住居用の大きな幕舎ひとつを中心に構成される小さな集落という光景を想像していた蟠桃公主は周囲を見回す。

「蟠桃公主様、オルドは宿営地という意味もありました。部族の主とその家族の住居、従者とその家族が住む住居、各部族で管理する馬、家畜を置いている建物から成っていますね」

教えてくれたのは蒼太子の側仕《そばづか》え兼護衛の曹真永《そうしんえい》だ。

「ありがとうございます、真永殿。……真永殿は威国に長く居らっしゃるのですか？」

彼は東方大国凌の出身らしい。蒼部族は、凌国との交易を長く行なってきた。その関係で凌国の者が威国内で役職に就いていることもあるそうだ。

「蒼太子様の側仕えとして元都に参りまして三年ほどになります」

接客慣れした家人のように穏やかな口調で話す人当たりの良い青年ではある。ただ、蟠桃公主は、この真永なる人物、相当強いと思っている。なぜなら、大衆小説では、この手の『皇子の護衛を兼ねる側近』を務める青年というのは、見た目によらずやたらと強いものだと相場が決まっているからだ。

「お戻りですか、若君」

幕営のどこからか現れた老爺《ろうや》が蒼太子を迎える。蒼太子の説明では、この老爺が蒼部族の幕営を取り仕切る家令《かれい》にあたる人物だそうだ。

「こちらが相国よりお持ちになった荷でございましょうか？　また、ずいぶんと大量のお衣装をお持ちになっていらしたようで……」

呆れたような口調に、蟠桃公主は、すぐに否定した。

「あ、ほとんど衣装じゃないんです。衣装だと思って持ち上げると腰をやられるんで待ってください！」

蟠桃公主は大きな櫃の蓋を外し、中身を見せた。櫃を覗き込んだ真永が驚く。

「本ですか、それもこんなにたくさん。ちゃんとした大きさの本で、しかも印刷とは。さぞ、専門的な知識の書かれたものか……と……？」

凌国出身の真永は、本を見慣れない蒼部族の人々と異なり、興味津々に中身を読み始めたが、すぐに手を止めた。

「すみません、娯楽本です。……それも女性向けの大衆小説です」

四方大国の中でも相国の紙の産出量は桁違《けたちが》いに多い。相国では、紙質に差はあれども、身分に関係なく紙を手にすることができる。印刷技術も特別なものではなく、道教の経典、相国の歴史書、医学書といった専門的なものだけでなく、科挙《かきょ》（官吏登用試験）合格の必読書、地図、詩文に小説など、分野を限らず使われているのだ。

「……あれ、でも、これらには……威国語の訳が、手書きで入れてありますね」

蒼太子も本を手に取ると、中を確かめて呟いた。

「はい、叡明に……今回同行してもらっている弟にお願いして、ここにある本すべてに威国語訳を併記してもらったんです！」

蟠桃公主は我が偉業のごとく、叡明の仕事を誇ってみせた。

「ここにある本のすべてに？　あの方、すごい人ですね！」

真永の素直な感嘆の言葉に、蟠桃公主の頰が緩む。

「叡明は、こと歴史と語学に関しては、天才なんです。その力を存分に発揮してもらいました」

可愛げがない弟と公言していようとも、蟠桃公主は叡明の優秀さは理解している。引きこもりの皇子だと悪く言う官僚が居ることも知っているが、そんなことぐらいでは、少しも翳《かげ》ったりしないのが本物の天才たる叡明なのだと思っている。

「なんでまた、こんなに……」

蒼部族の老爺が呆然としている。

「せめて、威国語の読み書きができるようになっておかないと、と思って、相談したところ、読み慣れた本、できれば会話が多い本を訳すのがいいだろうと弟本人が提案してくれましたので、大衆小説を使うことをお願いしてみました。弟に訳すに適した本を見てもらおうと、手元の本をすべて渡したら、完璧主義だから、こういうことに」

これは、叡明に多大なる負担をかけたと反省している。だからこそ、ここまでやってくれたことには応えたかった。訳を入れ終えた本が手元に届くたび、隅から隅までしっかり読んで、威国語の読み書きは、大衆小説に出てこない専門的な言葉が並ばない限りは、なんとかなるところまで磨いてきた。

「ただ……聞くのと話すのとが、まだまだなので、会話は、ゆっくりめでお願いします」

読み書きに比べると、聞くと話すは、叡明以外に相手が居なくて、なかなか練習ができなかった。それでも一応、叡明の部屋に入り浸って音読することで、音としての威国語も最低限は学んできた。

「では、お衣装はこちらでご用意いたしましょうか……?」

老爺の後ろから蒼部族の衣装を着た老婆《ろうば》が顔を覗かせ、ゆっくりとした威国語で問う。

「部族装？　貴女が着ているような？　わたしにもご用意いただけるんですか？」

蟠桃公主は、思わず駆け寄り、老婆の手を取った。

「ありがとうございます！」

やった、これで馬に乗りやすい衣装を着ることができる。馬乗り放題に一歩近づいたのではないだろうか。

「ずいぶん喜ばれるのですね？　相国からお持ちのお衣装のほうが、こちらのものより良いものとお見受けいたしますが……」

老爺もまたゆっくりと丁寧《ていねい》な威国語で、そう言った。たしかに、蟠桃公主の衣装は、祖国の宮城にある綾錦院の職人たちが作ってくれた国内最高級の衣装である。品質が良いものであることは間違いない。だが、蟠桃公主としては、さっさと相国から持ってきた衣装を着替えてしまいたかった。

「その土地の多くの人が身にまとう衣装以上に、その土地で暮らすのに適した衣装はないと叡明が言っていました。あ、弟は歴史学者なので、ちょっと小難しいことを言うのですが、わたしもそれはそのとおりだと思ったので覚えている言葉なんです」

細かくは、『その土地ごとの衣装には、その土地で快適に過ごすための工夫があり、それは素材の違いだけでなく、織る時の糸と糸の密度の違いにも現れる。密度の違いは、気候によって風の通し方が異なるからだ』というものだった。相国は南北に長く、威国に近く冬はかなり寒い北東部に住む民と、冬でも温かい南西部に住む民では、織物の厚みが違うのだ。蟠桃公主が生まれ育ったのは相国南東部にある栄秋なので、相国北東部よりさらに北にあり、風を遮るものの少ない草原の都で快適に過ごす衣装ではないのだ。その証拠に、こうして話している間も相国の薄絹の衣装が風に舞って、ずっとヒラヒラしている。それも裙《くん》だけでなく、上に着ている深衣《しんい》までも、風にあおられている。もう、全身がヒラヒラしているのだ。いいかげん手で押さえているのも面倒になってくるほどに……。

「御姉弟の仲がよろしいのですね」

叡明の話ばかりをしたせいだろうか、蒼太子にそんなことを言われてしまった。

「えっ！　でも、あれが一番可愛げのない弟ですけど……？　仲がいいというなら、もう三人いる弟の下の二人が可愛いですよ。あ、その二人のうちの一人は、叡明と双子なので、顔は同じなんですけどね、中身が違うんです、もう可愛くて可愛くて」

翔央と明賢の顔を思い浮かべ、声を弾ませた蟠桃公主に、蒼太子が小首を傾げる。

「……弟が可愛いですか。蟠桃公主様のお考えは面白いですね」

さきほどの蒼太子の母親の話を思い出す。男児を産めば、部族の本拠へ戻っていく。彼にとって兄弟は、もれなくほかの部族の者であり、次期首長を争う間柄なのだ。

これ以上この話題を続けるのは文化の違いが浮き彫りになるばかりだ。蟠桃公主は、多少強引に話題の変更を試みた。

「そう畏《かしこ》まったお言葉でなくていいですよ。……もしや、普段話す蒼部族の言葉は、標準の威国語とはかけ離れているとかですか？」

十八の部族の集合国家である威国では、それぞれの部族の言葉と黒部族の言葉を標準と定めた威国語の言葉では、大きく違っていることが多い。特に、凌国と近しい蒼部族の人々にとっては、威国語のほうが話しにくい可能性もある。そんな風に思って尋ねた蟠桃公主だったが、回答は非情だった。

「いえ……なんとなく大人の女性に失礼がないようにと……」

悪意のない『大人の女性』という言葉が、蟠桃公主の胸にずんっと刺さる。悪意がない分、よりいっそう深く突き刺さった。

「……七歳も年上ですみません」

近くの櫃に覆《おお》いかぶさる勢いで、蟠桃公主は謝罪した。

そりゃあ、十九歳の蒼太子からしたら、いきなり二十代後半の妃を押し付けられたのだから、どう接していいか戸惑いもする。それどころか、きっとありえないことと思っているだろう。顔合わせで年齢を聞いた時からわかっていたことではあったが、改めて申し訳なさに平伏である。

「えっ、ええ？」

慌てる蒼太子の声に真永の声がかぶさる。

「いまのは、蒼太子が悪いです！」

「真永殿のおっしゃるとおりです。ものすごく悪い。大いに反省すべきですぞ、若君」

真永だけでなく、老爺までもが蒼太子を叱った。

「若君、ちょっとこちらへ……」

老婆に至っては、静かな怒りをにじませた低い声で言うと、蒼太子を少し離れた場所へと連れて行った。

威国の太子は、物心つく前に母親が本拠に戻っていることが多く、年に数回会うか否かというものらしい。姉がいたとしても、公主は生まれた時から本拠で育てられるのが決まりなので、こちらもほぼ顔を合わせることがない。周囲の女性は、世話役の年配女性を筆頭に、自身に仕える者がほとんどを占め、自身より上位、あるいは対等な関係にある女性というのは、本拠が宮城となる黒部族出身の妃と黒部族の公主だけなのだという。

真永がそう教えてくれた最後に、蟠桃公主にとって魅惑的な提案をしてくれた。

「相……いえ、蟠桃公主様。あなたがお持ちになった大衆小説から数冊、蒼太子にご紹介してはいかがでしょうか？　こうした小説では、男女の対話というのが多く書かれていると伺っております。……蒼太子は、女性との対話に慣れていらっしゃらないので、とてもよい勉強になると思いますよ」

これは、自分の好みの男性像に育てていいという話だろうか。

蟠桃公主は、叡明がその場に居たなら説教をされること間違いなしの、獲物を見据える目で夫となる十九歳の青年を見ていた。

「とてつもなく主にとって危険な何かを感じたので、すべての本に目を通してもよろしいでしょうか。偏りない勉強になっているか、ぜひ確認させてください」

なにを悟ったか、真永が早口で言う。

護衛の感覚の鋭さに感心し、蟠桃公主は大国の公主らしい表情を作った。

「この手の本を愛読する者として、読者が増えることは大歓迎ですよ」

真永は気づいてない。これほど大量の本であっても、それらすべて蟠桃公主が購入し、手元に置いている本である時点で、すでに主人公の相手役となる男性の傾向が偏っているものなのだ。

蟠桃公主は、内心の野望を微笑みの下にしまい込んで、高らかに宣言した。

「せっかく叡明が威国語を併記してくれたのですから、この国で読者の輪を広げていきたいですね。わたくし、相国より嫁いでまいりました身として、文化の隔たりを乗り越え、互いの理解を深める架《か》け橋となれるよう努めていきたいと思っておりますので」

「おぉ、なんとご立派な……。首長様は若君に……いえ、貿易の前線に居る我ら蒼部族にこそ相応しい妃をくださったのですね！」

老爺の感嘆に、若干心が痛まなくもない。

とはいえ、国家間の婚姻は、新たな文化が流入する契機となることは、叡明の大陸史講義で学習済みである。蟠桃公主に課されているのは、高大文化を威国に紹介する役割であり、威国の文化を相国に紹介する役割でもあるのだ。

「では、理解を深める第一歩として、蒼部族の装束に着替えさせていただけますか？」

蟠桃公主は自ら、積極的に異国の文化を学ぶ姿勢を示した。

■ 四 ■

元都入りから三日。蟠桃公主は、早くも言葉の壁に苦しんでいた。

なまじ読み書きができる分、なんとなく話が通じてしまうので、相手が容赦ない早さで話してくるのだ。

「か、紙の消費が激しい……」

正しく聞き取れなくて紙に書いてもらうことが多く、筆談用に持ってきた紙がどんどん減っている。新たな紙を手に入れることは威国では難しい、補充は期待できない。

ただ、威国の人々は、そもそも物言いが直截《ちょくせつ》的で、相国の宮中で使われているような陰湿で遠回しな表現がほとんどない分、どういう感情で話しているかは、わかりやすい。

それでいくと、現状での蟠桃公主の評価は大きく三分する。一に『負けた国からの人質の妃』という下に見るもので、二に『無理やり嫁がされた悲劇の妃』への憐《あわ》れみ、三に『高大民族は、さっさと帰れ』というなかなか過激で攻撃的な勢力である。

威国は、黒部族を中心とする十八部族からなる国家、とひとまとめに語られるものの、実情は常にどこかで部族間闘争が行なわれ、序列が細かく入れ替わっている。十八部族はそれぞれに色の名前がついており、現在の序列で並べると『黒《こく》、●、紫《し》、青《しょう》、赤《せき》、朱《しゅ》、碧《へき》、緋《ひ》、蒼《そう》、橙《とう》、紺《こん》、紅《こう》、黄《おう》、緑《りょく》、翠《すい》、○、灰《かい》、白《はく》』となる。蒼部族の序列は、ほぼ真ん中に位置するため、上位層の部族からは、先にあげた『一』の評価が大半を占め、下位層の部族からは『二』で見られることが多い。現状、蟠桃公主に好意的なのは、威首長と皇后(黒の第一夫人)、そして蒼部族の人々だ。

なお、この序列の上位『●』と下位『○』が問題だった。『●』が黛《だい》部族、『○』が檀《だん》部族と呼ばれている部族だ。この二つの部族は、相国との和平に反対し、『高大民族は、さっさと帰れ』の声をあげて、半ば十八部族から離脱している状態にある。元々この二つの部族は、国内の部族間対立の主な原因となっているという最も好戦的な部族だ。蟠桃公主としては、お近づきになりたいわけがないのだが、現時点では顔や衣装だけ見て、どこの部族かわかるわけではないので、知らぬ間に近づかれて、危ない目にも遭った。どれほど危ないかというと、本来は蒼太子の側仕えにして護衛である曹真永が、自ら主である蒼太子に願い出るほどだった。

「ここはハッキリ言いましょう。蟠桃公主様の身が大変危ういです。わずか三日で五回も攫《さら》われかけました。蒼太子様には、できるだけご自身の身はご自身でお守りいただかねばなりません」

元都に来て三日目の夜。蒼太子の幕舎で、お茶を飲んでいるところで、真永が話を切り出したのだ。

「攫われかけたのは蟠桃公主様なのに、僕が自衛するというのは？」

蒼太子が首を傾げると、曹真永がその場に跪礼した。

「蒼太子様、自分に蟠桃公主様の護衛を命じてください。……ただし、正式な護衛が決まるまでの一時的なものとして。これはご成婚後を見据えてのお願いになります。自分の代わりに『蒼妃』様の護衛ができる者を……できれば、異性の自分ではご一緒できない場所にも同伴できる女性の護衛を付けていただけるように、首長にご奏上ください」

蟠桃公主もこの三日で理解した。この国には、話し合いの余地が一切ないほどに、相国からの公主を排除したいと考え、なおかつ考えるだけでおさまらず、具体的行動に移してくる人々が居る。そう、襲撃犯は『人々』、複数いるのだ。

「真永殿のおっしゃるとおりです、若君。すぐに首長様に護衛の手配を」

「うん、そうだね。……あと、成婚式が終わったら、早急に蒼部族の本拠へ行っていただいたほうがいいかもしれない。誰が護衛に就こうと元都にいるのは、危ないだろうから。爺《じい》、その手配を」

「畏まりました」

蒼太子は側仕えである曹真永の手を借りて、宮城に上がるための身支度を始める。手配を命じられた老爺が幕舎を出ていこうとするのを止めて、蟠桃公主は小さく唸る。

「お待ちください、蒼太子様。相手の狙いは、成婚式をダメにすることだと思われます。おそらく、わたしが太子妃に相応しくない者にすることを目的としているから、幾度も攫おうとしているのでは？　ならば、この十日ほどを逃げ切れば、わたしの勝ちです。成婚後に急ぎ本拠に向かうこともないような……」

蒼太子は元都の宮城での公務がある。新婚ですぐ離されるというのは、やや抵抗がある。

「あ、でも、それまでの間、幕舎に籠《こも》りきりとかは、ちょっと遠慮したいですね。日々、馬に乗らないと感覚が鈍ってしまいそうですし」

叡明ではないので、幕舎に籠りきりになることにはもっと抵抗がある。

「そうです。いっそのこと、明日にでも攫われてみて、一網打尽にするとか？」

我ながらいい考えだと思ったのだが、老爺も曹真永も表情が固まっていた。蒼太子にいたっては、盛大なため息をつくと、蟠桃公主に返事することなく、曹真永に命じる。

「……真永。こんな時間ではあるが、僕は直接首長とお話をしてくるから、蟠桃公主様が無茶をしないように見張っていてくれないか？」

蒼太子は、首長への奏上の書を提出するのではなく、より緊急性の高い謁見での訴えに切り替えるというのだ。これに老爺が、深く幾度も頷いて同意を示す。

「……それがよろしゅうございます、若君。すぐに宮城に先触れを出しますので、お仕度の続きを」

さらには、曹真永まで大きく頷き、主に願いを口にする。

「……蒼太子様、蟠桃公主様は大変危険なので、どうかお早いお戻りを」

手っ取り早い方法だと思ったのだが、幕舎内総意の危険物指定を受けてしまった。

蒼太子からの報告を受けた首長の判断は早かった。国内最強の女性武人が元都に戻り次第、蒼妃の護衛につけると翌朝には発令した。

「白公主様《はくこうしゅ》がついてくださるなんて、ちょっとすごすぎる」

白公主は、威国の西北部に拠点を置く白部族出身の妃・白夫人《はくふじん》が二人目に産んだ公主である。首長の妃を意味する『夫人』は次期首長候補となる太子を産むことで本拠に戻れるようになる。公主が続いた白夫人は、生まれたばかりの赤子に『なぜ女に生まれたのか』と責めて、育児を完全に放棄、公主なのに出身部族の本拠に送ることさえもしなかったそうだ。そのため、白公主は黒部族からの妃の一人、黒の第一夫人に育てられ、白夫人にとっては皮肉なことに、個人としては国内最強と言われる武人に成長した。白部族の国内序列は最下位。もし、白公主が太子として生まれていたら、次期首長の最有力候補となり、白部族の序列を一気に引き上げただろうと言われるほどの強さを誇る。幼い頃から遊撃部隊を率いて戦場で活躍し、戦いが減ってきた最近では、首長と黒の第一夫人の護衛をしているという話だ。

「そして、いまは可愛げのない弟の護衛として、遺跡巡りにつき合わされていらっしゃるのよね。大変そう」

蟠桃公主は誰に聞かせるでもなく呟いた。遺跡を目の前にした叡明は、護衛する側からしたらとても厄介な相手だろう。普段は引きこもりの癖に、まったく大人しくしていてくれない、自分の興味でその場を動かなくなってしまったり、急にどこかに向けて駆けだしたりするだろうから。そういう意味では、さっさと叡明から解放されて、蟠桃公主の護衛に就くほうがマシなのかもしれない。

「ただ、この決定が蒼部族にとって、いいことなのかは微妙よね」

蒼太子には曹真永が、蒼妃には白公主が。国内最強級の武人二人が、どちらも蒼部族の護衛につけられるのだ。この首長の蒼部族厚遇は、近く国内部族の序列を変えるための準備と見る人々も多く、ほかの部族のほうから蒼部族の幕営にご挨拶に来るほどだ。

今も蒼太子は、ほかの部族の客の相手をしている。正式に蒼妃になっていない蟠桃公主は、同席するわけにいかないので、こうして幕舎のすぐ裏手で馬の世話をしながら、馬相手に話をしている状態だ。

『ちょっと、そこの○○！　あんたが、×××ね？』

とても早い言葉で声をかけられ、部分的に聞き取れなかった。振り返ると、馬上から蟠桃公主を見下ろしている少女がいる。蒼部族の女性ではないことは、衣装を見ればわかる。

「蒼太子様に御用でしょうか？　ただいま来客中なので、伝言を承《うけたまわ》りますがどうなさいますか？」

威国語で問いかけると、少女は少し驚いた顔をしたが、すぐに表情をきつくする。

「あんたに言いたいことがあるのよ」

今度は聞き取れた。標準的な威国語も使えるようだ。

少女は馬を降りると、蟠桃公主の前に立った。若い。まだ、十代半ばに入ったばかりというところだろうか。相国で言えば、ようやく成人を迎えた頃と見える少女だった。まだ小柄で華奢《きゃしゃ》な印象を受けるが、乗ってきた馬の立派さからいって、細い腕に見えても、しっかりと鍛えているのだろう。

「いつまで、ここに居座るつもりなの？　××もできない者が×××！　目障りだわ」

またしても部分的にしか聞き取れなかった。ただ、聞き取れない部分があっても、これだけのまっすぐに向けられる憤りと嫌悪に、言いたいことはわかる。

「ちょっと、ちゃんと聞いているの？　なんか言いなさいよ！」

彼女の手が、蟠桃公主の首を掴もうと伸びたところで、突如世話をしていた馬が嘶《いなな》き、前足を上げて立ち上がった。

馬の嘶きを聞きつけて、幕舎から蒼太子と曹真永が駆け出してくる。

「なにごとですか、蟠桃公主!?」

蒼太子の問いとほぼ同時に、曹真永が蟠桃公主と少女の間に入っていた。

「離れてください、碧公主様《へきこうしゅ》」

低く鋭い声に、助けられたはずの蟠桃公主も寒気を感じた。まして、戦う者であろう少女は、その殺気に後方へ跳び退《の》いた。

「×××っ!」

曹真永を睨み上げて叫ぶ彼女は、顔から血の気が引いている。叡明・翔央の双子で慣れている蟠桃公主はそうでもないが、威国でこの長身はそれだけで威圧感がある。その上、武人ではない蟠桃公主にもわかるほどの圧の強さがある。正直、少女と同じくらい怖さを感じている。とはいえ、助けてもらった身で、膝《ひざ》をつくわけにはいかない。蟠桃公主は、気力だけで、立っていた。

「大丈夫でしたか、蟠桃公主様?」

蒼太子が問いかける。存在を無視されたと思ったのか、碧公主と呼ばれていた少女が、再び蟠桃公主に向かって、なにかを続けざまに叫んだ。

蒼太子が、その声から守るように蟠桃公主を抱き込んで幕舎へと促す。

「……はは。なにか私に失礼があって怒っていらっしゃるのだと思うのですが、早口すぎて……ほぼ聞き取れなくて……」

碧公主が理解しているか否かはわからないが、現状の蟠桃公主は、まだ相国の公主なのである。成婚式を経て、蟠桃公主から蒼妃と呼ばれるようになって、ようやく威国の者になる。だから、いま起きた出来事は、威国の一公主による相国公主に対する外交問題という扱いになる。蟠桃公主の政治的立場は、裏側でどういわれようと、人質ではなく国賓《こくひん》だ。国として軽んじられたと、威国側に抗議し、碧公主への処分を求めることも可能である。ただ、その抗議で両国の国民感情が悪化し、再び戦争状態に戻ってしまうかもしれない。それが、わかっているからこそ、蟠桃公主には、いまの出来事をなかったことにするよりない。

「……そうですか。……いえ、そのほうがいいと思います。きれいな言葉ではなかったから、あなたにも覚えていてほしくない」

蒼太子が安堵の息とともに、そう言ってくれた。

蟠桃公主は、決定的な緊張状態を避けられたことに安堵したが、同時に少女が蟠桃公主に向けた言葉を「きれいな言葉ではなかった」と否定してくれたことが嬉しかった。

「中で休んでいてください。……彼女とは、僕が話をしてきますから」

幕舎の入り口で、蒼太子の手が離れる。少女のほうへ向かう背を見ることなく、蟠桃公主は幕舎の中に入った。

大きく薄暗く静かな幕舎の中を、一歩ずつ奥へと進むうちに、嗚咽《おえつ》が漏れる。

「……わたしってば、嘘つきだ。あの手の言葉は大衆小説の定番だもの。なに言っているかなんて、断片だけでわかる。……わかるから、なにも言えないよ……」

相応しくない、似合わない、いなくなれ。

「蒼太子の横は、ああいう、いかにも可愛い女の子のほうが、似合うよね」

笑って自分に言い聞かせた。そもそもこれは和平のための政略結婚だ。心を伴わないことなんて、よくあることだって、大衆小説に書かれていたし……。

涙を誤魔化《ごまか》すために顔を洗おうと器に水を張る。水に映る少し目尻の上がった大きな目。意志の強そうな一字眉。全体にきつい顔立ちをしている。

「わかっているよ。大衆小説で主人公を邪魔する悪い女って、こういう顔だもの……」

いつか蒼太子も、大衆小説と同じように主人公に心を傾け、政略結婚の相手のもとを離れていくのだろう。それでいい。和平のための役割を果たせればいい。これは、一冊の本を読み終えるまでの一時の夢なのだから。ちゃんと自分を理解している。役割は全うする。そのために、あの国でただ一人の公主として、生かされてきたのだと、わかっている。

でも、それまでの間のほんの一時でいい、今はまだ国賓だからでもいい。蒼太子の優しい目に見つめられていたい。

そう思って、勢いよく水に手を入れて、自分の顔の映る水面を乱した。

■五■

成婚式を五日後に控えた日の昼前。蒼太子に連れられて、部族間交流のあるほかの部族へ改めて挨拶回りをすることになった。成婚式当日に出席してもらうことへの感謝を述べるとともに、欠席を公言している部族に同調しないように出席の念押しをしているというわけだ。

中には、成婚式出席のために本拠から元都に戻ってくれた部族の者もいる。

部族出身の太子はもちろん、既婚の太子であれば、蒼妃になる蟠桃公主が挨拶を交わすのは、同じ太子妃の立場にある女性だ。

蟠桃公主は、できる限りの範囲ではあるが威国語を使うようにした。相国からの公主が威国語を使うことに驚く中、元都から離れた地に本拠を持つ緋部族の妃からは、自身も部族の言葉から標準的な威国語を使えるようになるまで苦労した話をしてくれた。

「言葉の組み立ては、もうできているみたいね、うらやましいわ。私は、まだまだぎこちなくて……。でも、徐々に慣れていくから、しばらくは、ゆっくり話すといいと思う」

彼女は、蒼部族の本拠にも近い威国東北地域に本拠を持つ紫部族出身の妃から生まれた公主で、半年ほど前に緋妃になったという。蒼部族ほどではないが凌国との交流もあり、高大民族の文化にも親しんでいるということだった。

「生活の細部で色々と違いがあるから、慣れるまでは大変だと思うけど、がんばりましょうね」

威国の十八部族は、それぞれに特徴がある。だから、本拠で育った公主たちは、誰もが異なる文化・習慣を持つ別部族へ嫁ぐ経験をするわけで、太子妃たちにとって、蟠桃公主の状況は自身が通ってきた道なのだ。部族の長や太子たちが多く、政治の場であった謁見の間の空気感とは異なり、太子妃たちは共感をもって接してくれた。もちろん、蒼部族と交流がある部族の太子妃だからこそのことではあるのだが。

「無事に成婚式前の挨拶を終えられました。……みなさん、お優しい方ばかりで」

蒼部族の幕舎に戻る道で、蟠桃公主は安堵に頬を緩めた。

「蟠桃公主様が、蒼部族の装束を着て、威国語を使うからというのもあると思いますよ。威国は言動で示される覚悟や努力を評価する国なのです。……最初はぎこちなかったですが、徐々に滑らかに挨拶できるようになりましたね」

蒼太子の笑顔が、今日も眩しい。蟠桃公主は天を見上げる心地で、蒼太子を見つめた。

そこに前方から、聞きなれた声が近づいてくる。

「た、大変です、若君！　蒼部族の幕舎に、黒部族の公主様が！　蟠桃公主様の荷を検《あらた》めるとおっしゃっています！」

老爺の慌てっぷりに、蒼太子が幕舎に駆けだす。蟠桃公主もその背を追った。

幕舎の前には、数名の女性とその従者と思しき人々が、幕舎に入れまいとする老婆と押し問答をしていた。

「黒公主！　突然お越しになった上に、これは、いったい何の騒ぎですか？」

蒼太子が異母妹に声を掛けると、老婆と言い合っていた黒の装束を着た少女が振り返る。

「ほかの部族から、相公主が相国から持ち込んだ荷物が多すぎるという話が上がっているの。だから、危ないものを持ち込んでいないかを確かめに来ただけよ。隠す間もないようにしないといけないのだから、突然来るのが当然でしょう？」

黒公主は、蒼太子が戻ってきたことでようやく話が進むと思ったのだろう、多少疲れと呆れを混ぜた表情で答えると、蒼太子の傍らに立った蟠桃公主に言い放った。

「あなたが相公主ね。……さあ、ワタクシの目の前で荷物を全部お開きなさい。持ってきた衣装も全部箱から出してよ」

これだけの人が集まっている状態で、荷物全部を見せろとは、なかなかに暴挙な御命令である。

「黒公主！　いくらなんでも……」

蒼太子がたまらず抗議の声を上げた。当然と言えば当然。これは、その疑わしい荷を蒼部族が見過ごしてきたと言われているも同然だからだ。

蟠桃公主は、蒼太子の袖《そで》をやんわりと引いて、止めた。

「大丈夫です、蒼太子様。見られて困るものは、なにもありませんから。それに、わざわざ黒公主様が来てくださったのです。……お心遣いに感謝いたします」

黒部族は首長の出身部族で、当然ながら部族序列一位だ。その黒部族の者が調べて問題がないと言えば、もうほかの部族の者が荷を見せろとは言えない。さらに、人目に見せにくい肌着なども含めて衣装を全部出して見せることになるわけだが、同じ黒部族の者が調べるにしても、公主が調べるのであれば女性同士、こちらへの配慮も行き届いている。

「……第一夫人のご提案です。感謝は第一夫人に」

黒公主は言葉短くそれだけいうと、本来の目的である荷物の確認に入ったが、並べられるものを見ていて、耐えきれず叫んだ。

「なんなの、本ばかりじゃない！」

これには、付き添いという名の見守り役である別部族の妃も驚きに声を上げる。

「……すごいわ、これ。威国語の訳が書き込まれている。え？　これって、凌国から入るような技術書じゃなくて読みもの？」

紙の少ない威国では、大衆小説のような娯楽のお話は、本になることがほぼなく、勾欄《こうらん》（劇場）などを通じて人々に親しまれるものである。紙は、国として重要な書物や記録、地図など保管しておきたいものに優先して使われるのだ。

「威国語の読み書きならば、自国にいるうちから学べますから、これらの本を文例の書物として使っておりました」

太子妃や公主たちが、それぞれに手にした本を確認し、どの本にも威国語訳が入っていることに感嘆の声を上げている。

「相公主……いえ、蟠桃公主様。これはいけないものだわ……」

黒公主もまた手にした本を真剣な表情で確認しながら、小さく呟いた。

「……え？　本ばかりですが、どのあたりが『いけない』のでしょうか？」

なにか本当に良くないものを持ち込んでしまったのだろうか。内容に問題があったという話だろうか。慌てる蟠桃公主に、先ほどの呟きよりなお小さな声で黒公主が言った。

「……あとで、借りてもいいかしら？」

そういう意味の『いけないもの』か。おそらく黒公主は、一度くらい大衆小説を読んだことがあるのだろう。そして、すでに読者なのだ。故に、この圧倒的な本の量に、平常心を保っていられなくなったのだ。わかる。同じ大衆小説読者として、読んだことのない大量の本を目の前にしたときの興奮を必死に抑えようとする姿には、共感しかない。

となると、さらなる深みにはまっていただくために、どのあたりから貸すかが重要になる。慎重に選定しなければいけない。

「いい作品、たくさんありますよ。多少、傾向が偏っていますけど。……黒公主様の読んだことがある作品をいくつか教えていただければ、好みに合う本をお出しできます」

自信を持って宣言すれば、別のところから声が上がった。

「……わ、わたしも、お願いします！」

声のほうを見れば、声の主とは別に無言で手を挙げている公主もいた。

「お任せを。ご満足いただける本を選定するとお約束いたします」

蟠桃公主は力強く答えた。もう言っていることが、隣国から嫁いできた公主でなく、本を売りに来た商人のようだ。叡明がこの場に居たら、すぐさま呆れ顔で皮肉を言うだろう。

ふと視線を感じて振り返った先、先ほどまでは押しかけて来た黒公主に憤慨していた蒼太子が、笑みを浮かべていた。自分のために怒ってくれる、自分のすることを微笑んで見守ってくれる。これでどうして頬が緩まずにいられようか。蟠桃公主は、表情を作るまでもなく、そのままの笑みを返した。

翌日には、初めてお貸しした本を読み終えた黒公主が、蒼部族の幕営を訪ねてきた。連日の黒公主訪問に、蒼部族の者たちは震えあがったが、彼女は開口一番に蟠桃公主を指名し、部族の公務ではなく個人的な訪問であることを告げた。

お茶を出した侍女が下がり、二人になると、黒公主が返却する本の一冊を手に取り、意味深な笑みを浮かべた。

「昨日、直接ワタクシが調べに来たのには、『人質のくせに、やたらと笑っている。なにか企みがあるにちがいない』なんて訴えもあったからなの。顔を見て企みごとのあるなしを見定めようと思ったのだけれど……、『これは違うな』ってのは、すぐにわかったわ。けど、理由はわからなかった。ただ、これを読んで、あなたに蒼太子がどう見えているのかがわかったわ。そりゃあ、にやけっぱなしにもなるわね。……首長も、あなたの好みをご存じで、蒼太子を選んだのでしょうね」

指摘されて、蟠桃公主は両手で顔を覆った。

「そんなに顔に出ていますか？」

「謁見の間で顔合わせしてから、ずーっとにやけているわよ。あまりにずっとその顔だから、蒼太子も蒼部族の者たちも気づいていないんじゃない？　……威国基準だと、蒼太子は理想の男性像のど真ん中からは外れているのよ。だから、貴女が蒼太子と居るだけで嬉しくてにやける感覚がわからなくて、何か企んでいるなんて誤解が生じたんでしょうね」

誤解は困るが、真実を知られるのもそれはそれで気恥ずかしいものがある。

「どう真ん中じゃなくても、蒼太子様なら十分モテると思いますけど……」

碧公主のことを思い浮かべて反論するも、黒公主は苦笑を浮かべただけだった。

「昨日一緒に来ていた朱公主も本読んで納得したそうよ。……ほかにはどんな本があるの？　見せてもらえる？」

納得したということは、朱公主にもにやけている理由がバレたということか。

恥ずかしさを誤魔化すために、蟠桃公主は身を乗り出した。

「黒公主様、さらなるご興味が？　お貸しした三作品の中では、パッと読んでどのあたりが気に入りました？　より傾向が合うものを選んでお届けしますよ」

今回貸した本の感想を聞きながら、より黒公主の好みに合いそうな本を考えていると、黒公主からありがたい提案があった。

「ワタクシが借りるのはもちろんだけど、ほかにもこの手の話が好きそうな太子妃や公主を紹介するから広く貸し出すといいわ。……ワタクシや朱公主と同じく、その顔に納得すると思うから」

つまり生温かい目で見てくる人が増えるということか。羞恥心との戦いの幕が切って落とされたようだ。蟠桃公主は、喜ぶべきか恥ずかしさに悶《もだ》えるべきか悩んだ。

「それに、これを見れば、あなたの覚悟が多少なりとも感じられるでしょう。……あと、あの変わった学者皇子のすごさも理解できるだろうから」

弟に対する的確な評価に、蟠桃公主は黒公主に謝罪した。

「本当にすいません。うちの馬鹿弟が……」

黒公主が年下とは思えない、大人びた笑みを浮かべる。

「その『馬鹿弟』が、本当はとてつもなく優秀だとわからせるのにも、これらは使えるわよ？　……首長がこういう人材がいる相国だから対等の同盟関係を本気で結ぼうとしているんだってことも伝わるだろうから」

黒公主は、部族序列一位の黒部族の公主だ。だから、いずれ高位の部族の太子妃、もしかすると、次期首長になる太子に嫁ぐ可能性が高い。見た目どおりの少女ではない。威国の政を考えて行動できる人なのだ。

相国は公主を政治に近づけることがなかった。いずれは隣国に嫁ぐ身で、政に関わっているのは、相国として危険だから、という考えがあってのことらしい。

ただ、ここは十八の部族がひしめく威国だ。皆が自覚をもって同じ方向を向いていないと国が瓦解《がかい》してしまう。太子妃もまた、首長の政治的意図を理解していなければならないのだ。蟠桃公主が新たな覚悟を胸に刻んだところで、黒公主が相好を崩す。

「難しい話はこのあたりで。……ワタクシ、この本の相手役の親友がど真ん中なの。彼のような人が相手役の本はない？」

なるほど。それは、たぶん黒太子のような男性ということですね。うん、よくわかった。これはハマってもらえそうな本がいくつかある。

「お任せください！」

蟠桃公主は笑顔で応じて、頭の中の蔵書一覧から候補を探し始めた。

■　六　■

元都に到着して約半月が経った。蒼部族の幕営は、色々あって、このところ訪問者が絶えない場となっている。序列が上がるかもしれないご挨拶に加え、誰かしら本を借りに訪ねてくるからだ。

蒼太子は、本を借りに来る時点でほかの部族であっても蟠桃公主に好意的で、危険なものが近づきにくい状況ができているため、非常にありがたいとのことだ。

蒼太子だけでなく、蒼部族全体として戦いに向いていないので、ほかの部族が居てくれるほうが、蟠桃公主を護れるのだという。蒼部族最強の戦力は曹真永であるが、彼の本来の仕事は、蒼太子の側仕えである。護衛は『兼ねている』にすぎない。曹真永が威国内で公式の護衛任務に就くことは難しい。なにかあった時に誰が責任を取ることになるのかという繊細な問題を抱えているからだ。

蒼太子は、曹真永が仕えている主ではあるが雇い主ではない。曹真永は、首長が蒼太子につくように命じた。だから、曹真永の雇い主であり後見人なのは、首長なのだ。同時に、曹真永は、いまだ凌国の者であって、威国の者ではない。

蟠桃公主が本人から聞かされた話だが、彼は政治的理由により、一時的に威国に身を寄せているのだという。いずれ、凌国での政治的な問題に解決の目途が立ったら、帰国することになっているそうだ。政治的理由の詳細は、曹真永らしい笑顔ではぐらかされた。ただ、ハッキリしていることは、彼が威国の民になることは、今後もないということだ。

そうなると、曹真永が表立った護衛として仕えることは、首長が蒼太子に……というより、蒼部族に他国の戦力を公に与えたことになる。部族の戦力は部族で所有するのが原則である。だから、曹真永は表向きあくまでも側仕えなのだ。なお、白公主を蟠桃公主の護衛にするという決定は、白公主が威国の者であり、蟠桃公主が現状では国賓であるから周囲も納得したことだという。曹真永が蒼太子に護衛の手配を急がせたのも、首長がすぐに白公主を付けると決定を下したのも、蒼妃になる前の蟠桃公主であるうちであれば、首長の命令で護衛を付けることが可能だからだ。そんな威国の裏事情の当事者にいつの間にかなっていたことを、蟠桃公主は黒公主から聞いた。

蟠桃公主としても、曹真永には蒼太子につくことを最優先にしてほしい。現在、蒼太子は、日常の公務に加えて成婚式の準備をしているため、とても多忙なのだ。ずっと蒼部族の幕営にいればいいというわけにいかず、どうしても、幕舎を、蟠桃公主の側を離れなければならない時間が生じる。側仕えは主に従うので、当然ながら曹真永も幕営を離れる。その時間帯、蟠桃公主は幕営に引きこもり、本を借りに来る訪問者を幕営で迎えることで自衛に努めるよりない。

「でも、さすがに今日は訪ねてくる人もいないか……」

明日はいよいよというか、ようやく成婚式当日である。成婚式を明日に控えているも、そもそも到着すぐに成婚式のつもりで来ていた蟠桃公主は、前日だからといって何かすることがあるわけでもなく、朝からこうして蒼部族の区画でのんびり歩く馬を眺めていた。

「毎朝眺めていますね。馬が本当に好きなんですね」

柵にもたれる蟠桃公主の横に、蒼太子が並ぶ。徐々にではあるが、口調がやわらかなものになってきた。そのことを嬉しく思いながら、大きく答える。

「大好きです！　相国では咎《とが》められるばかりでしたが、時たま馬に乗って宮城を抜け出していました」

この国ならば公主が馬に乗ることを怒られないかと思えば、蒼太子にしっかりと怒られた。理由は違ったが。

「それは怒られますよ。宮城の外は危険です。いつ敵対する者から仕掛けられてもおかしくないのですから。この国であれば、宮城から少し離れたところで間違いなく対立する部族に囲まれて命を落とします。……宮城内は武器の使用が厳しく禁じられているので、争いが起きても素手で済みますが、外ではそうはいきません。絶対に馬に乗って外へ行ってはいけませんよ」

威国の武人が相手では素手でこられても、ただではすまないと思われるのだが。蟠桃公主は、小さく唸った。

「……あ、でも、宮城内でならば、馬に乗ってもいいんですか？」

蒼部族と交流のある部族の幕営への挨拶回りも昨日までに終えている。成婚式前日の今日は、老婆からも昼頃までは、のんびり幕営で過ごしていていいと言われている。栄秋を出て以来、一人で馬に乗っていない。ほかの部族の幕営に行くときは、たいてい蒼太子と二人乗りだったのだ。それはそれで、大変幸せな時間だったが、ここらで馬術の本格的訓練を再開したいところだ。

「そうですね、宮城内であれば乗れますよ」

蒼太子の案内で向かったのは、蒼部族の区画内の端のほうにある蒼部族の馬を世話している馬丁がいるところだった。

「へえ、相公主様が、お一人で馬にお乗りになるので？　……そうですね、こいつなんてどうです？　ちょっと珍しい芦毛《あしげ》の美形ですよ」

馬丁が示したのは、彼がちょうど世話をしている途中の馬だった。蟠桃公主は、少し考えてから、ほかの馬にも視線をやった。

「……わたし、あの子がいいです。たくさん走ってくれそう。そちらの子は、休ませてあげてください。走ってきたばかりのようですから、疲れているでしょう」

馬丁は驚いた顔をしてから、蟠桃公主の指定した馬を連れてくるために場を離れた。

「蟠桃公主様は、馬に乗るだけではないのですね。これも相国にいらっしゃる弟殿の教えによるところでしょうか。素晴らしい師だ」

言われて嬉しくなった蟠桃公主が、いつもの調子で姉馬鹿ぶりを披露しようとしたところで、声がかかる。

「若君、こちらでしたか。宮城で婚礼衣装の最終調整を行ないますので、そろそろ宮城へお上がりに……」

老爺に促された蒼太子は、馬を待つ蟠桃公主と馬を引いて戻ってくる馬丁の間で視線を往復させた。

「じゃあ、真永は蟠桃公主様に……」

蒼太子が控えていた曹真永を振り返る。彼を蟠桃公主に残していこうとしているのだ。察した蟠桃公主はすぐに蒼太子を止めた。

「いえ、真永殿は蒼太子様と一緒にいらしてください。採寸などはもっとも無防備な状態で人を近づけることになります。危険です」

相国四代目の皇帝は、失地帝《しっちてい》という不名誉な名で呼ばれることが多い。かつて、白龍河《はくりゅうが》を挟んだ対岸の一部にも相国の領土として組み込まれた地があった。ここを山の民と呼ばれる人々に奪われた皇帝が四代皇帝だった。この皇帝の皇統は途絶えている。五代皇帝に代替わりさせるために絶やされた。

なお、五代目皇帝は蟠桃公主の祖父である。この人が異母兄であった四代皇帝を、側近に暗殺させた。四代皇帝が失策を重ねてもなお玉座にしがみつくので、退位の説得を諦め、式典の衣装の採寸をするために周囲から人が離れたその瞬間を狙って暗殺させたのだ。

ただ、この暗殺は、四代皇帝の退位を望んでいた多くの人々の支持を受け、五代皇帝の即位を相国中が歓迎したという。誰も知らなかったのだ、もっと恐ろしい存在が……呉皇后という皇帝よりも長く権力の座に居座ることになる存在が、五代皇帝の傍らに控えていることに。

「では、乗馬はまた後日にして、一緒に宮城へ……」

蒼太子の提案に、曹真永が首を振る。

「それは危険です、蒼太子様。蟠桃公主様は男性であるあなたの採寸に最初から最後まで、ご一緒することができません。お二人ご一緒に宮城へ上がった場合、必ず、どちらかが、一人にならねばならない瞬間が生じます。……宮城内での武器の使用は禁じられていますが、手刀であれば蟠桃公主様を気絶させて、宮城の外へ攫うことも考えられます。そのあとのことは、どうとでもなりますから」

曹真永の指摘に、蒼太子が言葉を詰まらせる。そのすごく悩んでいる横顔が嬉しい。蒼太子は、表面的なものでなく、本心から蟠桃公主を心配してくれている。

「お二人で宮城へ向かってください。わたしは幕舎に戻りますから。……すぐそこだもの、大丈夫よ」

ことさら軽い口調で言うと、蒼太子も最後にはそれを受け入れた。

「わかりました。ちょうど馬もありますから、幕舎まで乗っていってください。最速で戻れるほうがいい。ただし、どこにも寄ったりせずに幕舎に戻ってくださいね」

折よく、馬丁が馬を引いて戻ってきた。

「はい、わかりました」

約束を違《たが》えないことを示すように、ひらりと馬に跨る。少し歩かせて確認する限りでは一人乗りの腕もそう衰えていないようだ。

「大丈夫そうですね。……では、僕たちは宮城へ」

「ええ、お気をつけて」

馬上で手を振り、宮城へ向かう蒼太子たちとは逆方向に馬首を向け、幕舎へと戻る。同じ蒼部族の区画内なので、馬を走らせるほどもない距離だ。

「すぐ降りるんじゃもったいないわ。せめて歩かせていこう」

並足で進ませれば、宮城内とは思えないほど広い草原と、雲一つない青空で視界がいっぱいになる。この空の色は、栄秋ではなかなか見ることができないものだ。草原を撫でて過ぎていく風のサラサラとした心地よさに、うっとりする。

明日には、正式に、この草原と空の間に暮らす民になるのだ。威国式の花嫁への贈り物として、蒼太子から部族特有の色と刺繍《ししゅう》の入った布をたくさんもらえることになっている。

明日すぐは無理だが、少し落ち着いたら、自分用に仕立てた蒼部族の装束で馬を並べて遠《とお》駆《がけ》に行けたらいい。

「楽しみ……」

想像で頬が緩む。自分は威国に嫁がされた悲劇の花嫁などではない。公主としての義務感だけを理由に、ここにいるわけでもない。悲壮感とは無縁の楽しい予定がたくさん待っているのだから。

「うわぁ……相変わらず、気持ち悪いくらいにゆるんだ顔をしているわね」

頭上に広がる空のように澄んだ心地に泥が掛けられた気分になる。

「……碧公主様ですか。お互い相変わらずのようで」

第一声で悪態をつくその口に、相国なら通じるだろう遠回しな言葉で返したが、やはりこの国では、この種の皮肉は効かないようだ。

「あなた、馬に乗れるのね」

あっさりと話題を変えられる。

「もちろんです。威国に来るというのに、馬に乗れないなんて、ありえませんもの」

叡明のことを棚上げにして、引き続き応戦した。武人の技量は皆無だが、舌戦であれば、勝ち目がまったくないというわけではないはずだ。

「暇なの？　……ちょうどいいわ、うちの馬を訓練兼ねて走らせるところなの。付き合いなさいよ」

威国の力関係は、年齢じゃなく部族の序列か本人の武人としての技量で決まる。序列で言えば、碧部族は蒼部族より二つ上にあり、逆らうことはできない。まだ、正式な蒼妃ではないので、国賓の地位を盾《たて》に断れなくもないが……。

「妃になるなら、ほかの部族との付き合いも学ぶべきよ。それとも、序列がわかっていないのかしら？」

「……いえ、大丈夫です。わかりました、お供致します」

よもや自分が『お供致します』なんて仕える側の言葉を口にするとは。言葉は知っていても使うのは、これが初めてだ。だが、これからはそう言うことも多くなるだろう。彼女の言うとおり、蟠桃公主ではなく、蒼妃として学ばねばならない。

「いくわよ。どれだけ走れるか、見てあげる」

蒼太子は、宮城内での武器の使用は厳しく禁じられていると言っていた。軽く馬を走らせる程度なら宮城を出ることはあるまい。

「望むところです」

蟠桃公主は、幕舎に向けていた馬首を、碧公主の乗る馬を追う方向へと変えた。

宮城の草原は広い。かなり馬を走らせたように思えるが、まだ城壁は見えてこない。

「それだけ馬に乗れるのに、なぜ輿になんて乗ってきたのよ？」

少し速度を落として、並走してきた碧公主が尋ねてくる。

これは、もしや自分に対する褒《ほ》め言葉だろうか。蟠桃公主は、またも頬が緩んでしまうのを感じた。

「相国の花嫁衣装は馬に乗るのに向いていないので！」

表情を引き締めるために強く答えたのだが、それはそれで、ひどく奇妙なモノを見る目を向けられた。

「でも、それって、相国の装束ならどれでも同じじゃない？　……それでも、それだけ馬に乗れるようにしてきたのね」

碧公主は、相国の者は全員、普段まったく馬に乗らないのだと思っているのかもしれない。そのあたり、蟠桃公主は幼い頃からの遊び相手が武門の娘だったこともあり、宮付きの侍女や太監に叱られるほど馬で駆け回っていた。だから、まったくの乗馬未経験からここまで乗れるようになった、というわけでもない。我流の馬術を正しいものに矯正したというのが実情であり、そこまで苦行だったとは思っていない。

「弟に……今回付き添ったくれた弟ではないほうの弟に……、馬の乗り方を習いました。武官で、馬好きで、兄弟で一番馬に乗るのがうまいんです。相国内でも最高の教師に馬術を習ったのです。このくらい走らせられねば、恥ずかしいではないですか」

先ほど蒼太子に披露し損ねた姉馬鹿を、これでもかというほど碧公主に披露してみせた。

「それに乗り方だけじゃないんです。お世話の仕方もひと通り。……威国に行くなら馬に乗れないと死活問題だって、弟たちから言われていたので」

馬上であっても引かれるかもしれないと思ったが、碧公主は首を傾げて見せた。

「……相国って、弟と親しいものなの？」

これに疑問を感じるのは、蒼太子だけではないようだ。

「そうでもないですよ。……数日違いで生まれた弟が居るんですけど、この弟との仲は、ハッキリ言って悪いです。これがどうしようもない感じの弟で。ちょっと皇太后……祖母……の寵愛に傾きがあったものだから調子づいて、だいぶダメな皇子になりました。正直なところアレが次期皇帝になるかもしれないなんて、不安でしかないんですよね。長兄は色々諦めちゃっていたし、双子の弟たちはどちらも玉座に興味ない、末弟はまだまだ幼いので上にいる四人を飛び越えてというのは、さすがに……」

英芳《えいほう》が次期皇帝になるという話は、口には出せないが不安どころか悪夢だ。でも、同盟国になったとはいえ、隣国の公主にそこまで言うのは、叡明に言われずともやっちゃいけないことだとわかっている。相国では周囲に遠ざけられていたが、公主だからといって、政に無関心でいていいわけじゃないことも知っている。むしろ、公主という立場は政を見ていないと危ない。どう都合よく利用されてしまうかもしれない立場なのだから。威国に来て、黒公主と接して、その思いを強くした。

「あなたも公主だから、国は違えどもきっと通じる感覚だと思うのですけど……」

蟠桃公主は並走する碧公主の馬に合わせて、自身の馬の速度も調整し、ぴたりと並んで走る状態にした。

「相に帰る場所なんてないですよ。……相国の公主というのは、他国に嫁がせるために居るのであって、死ぬまで皇城に置いておく気もなければ、出戻る役立たずを迎える気もない。ようやく役割を果たす時が来て国から出したんです。官僚たちは、きっと二度と帰って来るなぐらいのことは思っているでしょう」

威国への入国時、叡明には、離婚一択ぐらいに言っていたが、官僚たちが何を考えて自分を送り出したかはわかっている。蟠桃公主は、祖国に二度とは戻れないのだ。

「たかが、官僚がなにを？」

碧公主の問いかけは続く。なにかを尋ねるということは、多少なりとも相手の言葉を聞く気になっているということでもある。出会い頭には、ひたすら蟠桃公主を詰《なじ》っていた碧公主であったが、馬を走らせているうちに、心境に変化があったようだ。

蟠桃公主は、碧公主の変化を受けて、自身も言葉遣いに親しみをにじませた。

「相は大陸史上、稀《まれ》にみる官僚主義国なの。官僚たちは派閥を形成し、その派閥の長の発言力は、皇帝に反論することもできる。……この国でたとえると、派閥は部族、派閥の長は部族長です。ね？　逆らうのが難しそうでしょう？」

例を出したことで想像がついたのか、碧公主は先ほどまでの勢いを失い、俯《うつむ》いた。

「でも、本来嫁ぐべき国ではなく、この国に送り込まれたのは不満なんじゃないの？」

蒼太子に嫁ぐという話でなく、威国に嫁ぐという話に対する不満を尋ねられているようだ。蟠桃公主は、少し考えてから、相国公主に生まれてしまった郭彩葵という一人の女性としての本音を素直に口にした。

「本来……。そうね、相国の公主は華国へ嫁ぐものだと言われていたけど、華国との間に同盟が成立したのは、たかだか五十年前のこと。両国公主の行き来があったのは三例のみ。慣習なんて公言しているけど、その程度の前例しかないの。……なのに、宮城内を歩いているだけで、声が聞こえてくるんです。『早く役割を果たしてもらいたいものだ』って。だから、この国に嫁ぐように父が言った時、本当に嬉しかったわ。ようやく自分が公主に生まれた役割を果たす時が来たんだ、そう思って泣きそうになった。……なのに、嫁ぐのを嫌がっているように言われたことが最悪よ。わたしは、そこまで自分の立場をわかって侍女や太監、官僚たちに言われずとも、蟠桃公主は公主の自覚をもって生きてきた。他国に嫁ぐことに関して、諦めたとか不満だとかは、持ったことがない。相手がいかにも威国の武人らしい筋骨隆々の男性だったらどうしよう、結婚生活に耐えられるだろうか……なんてことは考えもしたけれど。

「どこへ嫁ぐのも、わたしにとっては変わらない。だって、他国へ嫁がせるための公主であることに変わりはないでしょう？　その覚悟なんて、物心つくころには、もうできていたわ」

それなのに、なぜ周囲の皆が本人よりそこを気にするのか、わかったかのように不満に思っているとか、嫌がっているとか、挙句の果てには何か企んでいるだとか、そんな妄想《もうそう》をするのが、不思議でならない。

「……馬を止めて」

碧公主が、自身の馬も止めて言った。

「どうされました？」

すぐに、馬を停止させた。少し進んでしまった分、馬を後ろに下げて、改めて碧公主の馬に並べる。

「馬を降りて。ちょっと水を飲ませたいの。……すぐ近くにちょうどいい川があるから。元都の水源に続く川なの。ついてきて」

なぜ馬を降りるのかはすぐにわかった。碧公主は、草原から木々の生い茂る林へと入っていく。騎乗で進むには向いていない場所だった。

林の奥へ奥へと進み、木々の間を抜けたところで、ようやく川に行き当たった。

水面がキラキラと木漏れ日を反射する水のきれいな小川があった。

ただ、対岸がかすむほどの川幅がある白龍河に慣れている蟠桃公主からすると、とてつもなく小さな川だ。

「この水量で、馬は満足するんですか？」

問いかけに、碧公主が目を瞬かせ、次いで噴き出した。

「そうね、あなたの言うとおりかもしれないわ。……じゃあ、もう少し先で別の流れと合流して少し川幅が広くなるところがあるから、そっちに行きましょう」

碧公主は自分の馬だけでなく、蟠桃公主が乗っていた馬も一緒に引いていく。木々の間を器用に進む様子から、このあたりによく来ているのだろう。黙って後ろからついていくことにした。

「わたしも少しだけ、喉を潤しますね」

膝はつかずに、屈むだけにして川の水を両手で掬《すく》った。それを口から渇いた喉に流し込んで、再び碧公主の後ろをついていこうとして気づく。

木々の間に、その背中も馬二頭の姿も見えなくなっていた。

「……碧公主？　ちょっと嘘でしょ！」

いない。碧公主も馬も。あるのは、草原とそこを貫く小さな川だけだ。行軍でもするように、音もたてずに一人と二頭が消えた。周囲を見る限り、その姿はない。蟠桃公主だけが林の中を草原のあるほうへと流れる川の岸辺に立っている。これは、もう疑いようもなくおいていかれた。

「やられた……いや、待って、待って。ここ、どこよ！」

思わず相国語で叫んでいた。

碧公主は、この川を『元都の水源に続く川』だと言っていた。それが本当ならば、宮城どころか、元都からも離れた場所にいるということになる。

叡明は……あの歴史学者は、歴史を教えてくれたし、有名どころの遺跡の場所は聞いてもいないのに覚えさせられたけど、現状の細かい威国の地理は教えてくれていない。当然と言えば当然だが、軍事上の問題があるので、威国の細かい地図など相国では出回っていないからだ。

「誰も、いない……」

　どのくらい馬を走らせただろうか？　それ以前に、あの草原のどこからが宮城の外で、どこまでが元都だったのだろう？　城壁も街壁も出た記憶がない。

「馬なしで、戻れる距離なの？」

　碧公主に遅れないように、それなりの速さを維持していた。翔央から聞いている一日の行軍距離は、歩兵も荷物を運ぶ部隊もいるからの速さだから、今回はそれよりも長い距離を走ったのではないかと思われる。

「待って……、これは一刻も早く宮城に戻らないとマズい」

　なにがマズいって、成婚式前日に相国からの公主が宮城内から姿を消したとなれば、威国側は『公主は逃げた』と騒ぐだろう。場合によっては、相国側の加担を疑って……。

「これって……、わたしが戦争の火種って状況じゃない？」

　明日は成婚式だ。朝には宮城に居ないと大騒ぎで済まない話になる。相国式だと、花嫁は前日から潔斎《けっさい》の小屋に入って支度をするなんて風習がある。威国にもその風習はあるのだろうか。あるとしたら、朝までに戻れば間に合うなんて話ではなくなる。老婆は、昼頃までのんびりしていていいと言っていた。だとしたら、その後に成婚式に向けたなにかしらの予定が入っていたのではないだろうか。すでに昼になっている。蒼部族の幕舎では、蟠桃公主の不在に気づいているはずだ。蟠桃公主の不在に気づいた威国側が騒げば、相国側だって騒ぐ。蟠桃公主の姿がないと言われれば、威国側でなにかをしたと思うだろう（実際、置き去りにはされているが）。

「そんなことはさせない。……ようやく、公主として、祖国のために働ける日が来たのだから」

兄弟たちは末弟の明賢以外は、皆国の仕事をしていた。あの遊び歩くばかりの皇子である英芳でさえも、国の仕事は与えられている。それなのに蟠桃公主は、ただ公主として城に暮らしているだけだったのだ。

慣例とやらに従うのであれば、とっくに華国に嫁いでいた。それこそが、唯一の相国公主である蟠桃公主に与えられた役目だったから。でも、その日は来なかった。

正直、双子の弟たちに会いに来た華王《かおう》を垣間《かいま》見て、あの隣には立ちたくないな、と思っていたので、話が先送りを通り越して、これはもうないなとなった時には安堵した。

華王は、傾国《けいこく》を通り越し、男女はおろか、人の範疇《はんちゅう》を超越した美の化身だ。誰だって、あそこまで美しい存在の隣になど並びたくはないだろう。

だが、碧公主にも言ったことだが、蟠桃公主は他国に嫁ぐことは、公主に生まれ付いた己の役割だと理解しているので、決して逃げたりしない。逃げないことこそ、公主である自分の矜持《きょうじ》だ。

「生半可な覚悟で他国に嫁いでないっての。それを……よくも！」

戻らねばならない。それも自力で。助けなど待っている場合ではない。

「……碧公主も『私が自力で帰る』のを狙って、ここに置いていったんだろうし」

彼女は明らかにどこかに向かって馬を走らせていた。でも、馬を止めたあの時に、突如そこへ向かうのを止め、別方向に蟠桃公主を連れてきたように見えた。

おそらくだが、当初の目的地では、蟠桃公主の身に決定的ななにかが起こる予定だったのだ。

「そこから逃がしてくれた……と完全に信じきるほど、お人好しではないけれど」

でも、碧公主は『元都の水源に続く川』と言っていた。川に沿って進めば、元都にたどり着けるはずだ。だから、これは、狙ってこの場所に置き去りにしていったのだ。

「叡明が言っていたわ。歴史的に見て、川沿いに人が集まって街を作るものだって。まして、ここは草原の国だもの。水源の確保は大事なんだから、絶対に元都より手前で人と遭遇できるはず」

この国では、人がいれば、必ず馬もいる。相国ならともかく威国なら、そう言い切れる。

川沿いで人に遭遇したら、馬を借りたいと頼むよりない。暗くなってからでは移動できなくなる。日暮れまでに元都に戻る手段として……。

「馬を手に入れる」

蟠桃公主は、その決意を威国語で口にし、川を下る道を走り出した。

■ 七 ■

水源に続くと言っていた以上、水の流れていく方向に元都の水源があり、元都そのものもその近くにあるはずだ。蟠桃公主は、川下に向かって走っていた。蒼部族の衣装を着ていて良かった。相国の衣装だったなら、長距離歩くことはできなかっただろう。

あとは、誰かに遭遇すれば……。それを祈りながら進み、どのくらい経っただろうか。

南天を傾いた陽の光が蟠桃公主の体力を奪っていく。

「水を……」

空腹を満たすことはないが、喉の渇きは潤すに十分な水がすぐ傍らにある。移動手段の確保以外に水の確保にも苦労するということがなくて本当に良かった。そこは、碧公主に感謝したいくらいだ。

「……ん、誰か……」

近くで水音がして顔を上げれば、少し離れた場所で馬が水を飲んでいた。

さすが威国。本当にどこにでも馬が居る。ただし、野生馬というのはいないはずだ。馬がいるなら、その所有者も必ず近くにいる。

ふらふらと馬のいるほうへ行けば、馬は一頭ではなく、五、六頭いた。運がいい。おそらく馬の売買をする、もしくはしてきたところと見える。

さっそく馬を借りるぞ、と筆談の準備をしようとするも手元には紙も筆もない。元都到着前に叡明と話していた地面を使った筆談も無理だった。ここは草原地帯。地面の露出はほとんどなく、地面に文字を刻むための木の枝も落ちてはいないのだから。

「……えっと、わたし、元都まで行きたくて、馬を借りたいんですけど、いい？」

覚悟を決め、装飾品をいくつか差し出し、馬の所有者を相手に、ややぎこちない威国語で交渉を始める。緊張もあって、片言になった威国語のせいか、そもそもこの国には『馬を貸し借りする』という考えがないのか、『馬を借りたい』という話が、どうも『馬を買いたい』という話になってしまった。交渉内容を軌道修正しようとしたが、たしかにここで馬を借りたとしても、返却するのが難しい。かといって、身分を明かし、宮城まで同行してもらうのは危険すぎる。そうなると、買うのが早い。だが、手元にある装飾品で馬一頭分に足りるだろうか。そう不安になるも、相手は蟠桃公主の手から、耳飾りを一つだけ取った。

「え？　その耳飾りひとつで馬一頭買えちゃうの？　でも、この馬、かなりいい馬だと思うんだけど……」

相国は馬が少ない。両方の耳飾りにいくつもある髪飾りの全部を合わせても、半日借りるのがせいぜいなのに。

「あんた、南の人らしいが、馬を見る目があるじゃないか！　こいつは自慢の娘だ」

南の人というのは、高大民族のことらしい。相手は蟠桃公主に馬を褒められたと喜び、やはり、耳飾りは、ひとつでいいと言う。

「本当にこの子を買えるの？　……すごくうれしい！　やっぱり、初めての自分の馬だからちゃんと払います。すぐに乗りたいから鞍《くら》付きを耳飾りふたつでお願い！」

相手の手に耳飾りをきっちりふたつ握らせた。自分の目で見て、馬を選んだのは初めてだ。ここは、自分が思う正当な価格で買いたい。

「こっちもうれしいよ！　元都に行くなら、この道をまっすぐだ。きっちり走らせれば、街門の閉門時刻までに間に合うだろう。事情は知らないけど頑張りな！」

馬売りは、陽気な声で笑いながら、蟠桃公主が買った馬に必要な馬具を装着してくれた。

元都は元都で、この国唯一の大都市と言える。遠くから見ても周囲と違うその街の姿は目立つので、この国初心者でも馬で目指すのに、迷わずにすみそうだ。

「弟たちに感謝だわ」

威国語で馬を買えた。どんな馬でも乗れるように基礎を叩きこまれているから買ったばかりの慣れない馬でも乗って、ある程度の速さで走らせることができる。

自分が持つありったけのもので元都へ帰る。戦争の火種になんてなってやるものか。

「待ってなさいよ。……わたしは、相と威の和平のために来たんだから、その役目、果たさずに終わってなんかやらないんだから！」

だが、元都に帰り着いたとして、問題がもう一つ残っている。

碧公主の件だ。彼女は、誰の命令で、どこに蟠桃公主を連れて行くはずだったのか。その目的地では、どんな処遇が待っていたのか。そして、結果的に蟠桃公主を逃がした碧公主は、無事だろうか。

「身代わりとしてその身を差し出したとかは、勘弁してほしいのだけれど」

遠く道の先に、元都の宮城が見える。草原の国は、宮城以外に高台に建てられた建物がないから、あの宮城だけがどこからでも見える。

「蒼太子様は、心配されているかしら」

もし叶うなら、相公主の不在でなく、郭彩葵の不在を心配してくれていたら嬉しい。

でも、帰ったら、まず説教だろうとは思っている。知らぬ間にとはいえ、宮城から出てしまった。

遠い元都の宮城を見つめ、若干ため息をついた蟠桃公主の視界に、馬なのに猪突猛進してくる何かが見えた。

敵か味方か。馬を止めた蟠桃公主は、それを見定めてすぐ動けるように手綱を握り、目を凝《こ》らした。

だが、衣装からか誰なのかに気づいたのは、相手の方が早かった。

「ご無事でしたか、蟠桃公主様！」

その声に聞き覚えがある。その人は弟の遺跡巡りにつき合わされ、戻れば自分の護衛に就くことが決まっている女性だ。

「……白公主様？」

蟠桃公主の馬と擦れ違うギリギリ手前で馬を止めた白公主に、すぐさま馬を降りて駆け寄った。

「ああ、白公主様！　あなたがおいでになったということは、叡明は無事ですね。……よかった」

白公主が来たということは、叡明は無事に遺跡巡りから帰都したということだ。弟が成婚式妨害のための襲撃を受けることはなかったのだろう。そのことに安堵する。

白公主がこちらを安心させるように笑みを見せる。

「はい。黒太子様とご一緒に宮城に居られます、問題ございません。……ところで、そちらの馬は？　宮城の馬ではないようですが」

乗っていたはずの蒼部族の馬ではないことに気づいたようだ。

蟠桃公主は、馬の首筋を撫でながら、胸を張った。

「買いました。それもこんないい馬を買えたんです！　大変いい買い物ができたと思います。だって、耳飾りふたつで一頭鞍付ですよ！　すごくないですか、この国！」

白公主は自分の馬を降りて、蟠桃公主の馬を様々な角度から確認した。

「元都に戻るのに、馬を徴収《ちょうしゅう》でなく、お買いになったのですか……。たしかに、いい馬です。蟠桃公主様は、良い目をお持ちです」

白公主の『徴収』という言葉に、宮城に住む者ならば、そういう手もあったかと思いつつ、白公主ほどの人に『いい馬』と言ってもらえたことが嬉しくなる。

「そのへん、弟たちに感謝です！」

馬を買えたのは叡明のおかげ。馬を選べたのは翔央のおかげだ。

「馬を見る目が確かで、騎乗姿勢も美しい。……貴女は、本当に覚悟を持って、この国に嫁がれたのですね」

気のせいだろうか。白公主の表情に、視線に、初対面の時とは違うやわらかさを感じる。

「そうです。だから、簡単にやられて、戦争の火種になるとか冗談じゃないんです。わたしは、和平のために……再び戦争になることがないように、この国へ来たんですから」

碧公主にしたのと同じ宣言をする。

「あ、それで、白公主様にご相談が……」

白公主に、宮城で碧公主に声を掛けられてから、ここまでの経緯を話したうえで、碧公主の身の安全について尋ねる。

「そうですか、碧公主に誘われて……」

おそらく白公主だけが知る裏事情というのがあるのだろう。白公主はしばらく考えてから、蟠桃公主に一つの提案を示してくれた。

「……相手の狙いは、貴女が太子妃に相応しくないと示すことにあると思われます。そうであれば、答えは簡単です。……貴女が蒼太子の妃に相応しいのだと、誰もがわかる形で示せばいい」

蒼太子の妃に相応しいと示す。なんて、魅惑的な提案だろう。それは、まるで大衆小説の主人公になったかのようだ。

公主に生まれた役割は心得ている。でも、ほかの誰かでなく蒼太子の妃に相応しくありたいのは、郭彩葵だ。だから、示すべきは、わたし自身にほかならない。

なにをもって示そう、この国で、彼の隣で生きると決めたその決意を。

「……白公主様、わたしが誰かの思惑通りになんてならないこと、見せてやります。ここから元都の街門、さらには宮城の蒼部族の幕営まで……蒼太子様のところまで、わたしは単騎で戻ります」

本を読んでもらわずとも覚悟が伝わるのは、これだろう。草原の国で、物心つく前から馬とともに生きる国で、他国の出身であっても生き抜くことができる者だと、見せる。

「いいと思いますよ。堂々たる騎乗の姿は、この国で最も説得力のあるものです。……では、わたくしが碧公主のほうを任されましょう」

白公主も同意してくれた。

■　八　■

元都の街門を入った時点で、宮城には報せがいっていたのだろう。宮城の門を入ろうとしたら、奥に騎乗して待つ蒼太子が居た。

迎えに来てくれたのだ。緊張に強張っていた顔が、その姿を見た途端、緩んでいくのがわかる。ずっと色んな方向から視線を感じる、また企んでいる顔とか言われているのかもしれないが、それでもいい、大国の公主の威厳なんて欠片もないこの緩みきった顔も、『わたし』なのだから。

馬上の蒼太子が、ここに居ると示すように手を挙げた。蒼部族の装束が、草原に沈む夕日に輝いて見える。

「ただいま戻りました！」

大きな声で答えて、馬の腹を軽く蹴《け》った。もう誰かに見せるために並足でなど進んでいられない。蒼太子にまっすぐと駆け寄る。

「おかえりなさい、蟠桃公主様。……ああ、無事で本当に良かった」

馬上で手を伸ばし、蒼太子が蟠桃公主を抱きしめた。

「あ、蒼太子様……嬉しいです、嬉しいですが、わたしの技量では、この体勢に無理があります！」

馬に跨ったまま、上半身だけ抱き寄せられているという姿勢は、たぶん傍《はた》から見るとかなり美しくないことになっている。

「すみません。貴女が無事であることを確かめたくて、つい……」

その夕日でも誤魔化しきれていない赤らめた顔に、直視していられず、蟠桃公主は自身の頬を両手で押さえながら視線を蒼太子の顔から下へずらした。

「……ん？　それ、婚礼用の衣装じゃないですか？　……まさか、最終調整中に飛び出してきたままなのでしょうか？」

熱くなっていた頬から血の気が引いていく。衣装調整が宮城で行なわれていた以上、それは一種の公務だ。公務を飛び出してくることは、首長の命令に従わなかったとみなされる大事である。

「そんなわけないでしょう。……貴女の読む本でも、さすがに載ってなかったようね。威国では、成婚式がほかの部族へのお披露目の場。その前夜に部族での婚姻の宴が開かれるものだわ。蒼太子は、すでに準備万端なのよ」

少し離れたところから、ため息とともに声がかかる。そちらを見れば、黒公主が彼女の従者を数名伴って立っていた。

「黒公主様……。え、じゃあ、結局わたし遅刻したんですか？」

さらに血の気が引いた。もう夕日を浴びていても青く見えているのではないかというほどに。

「落ち着きなさい。日が沈むまでに間に合ったじゃない。そうね、二人で馬に乗って宴に現れるとか、どう？　きっと盛り上がるわよ。貴女が持ち込んだ大衆小説のような演出に、誰も不自然だと思わないんじゃないかしら」

黒公主が本物の企み顔で言い、従者を振り返り、たたまれた布のようなものを受け取る。

「……とはいえ、花嫁衣装に整えている余裕はないわね。ちょうどいいから、これを使いなさい」

黒公主が蟠桃公主に差し出したのは、公式行事や騎乗時に使う外套《がいとう》だった。ただし、蒼部族の色ではない。いくつもの色の部分から作られていた。黒、紫、赤など……十八色とはいかないが、たくさんの色が織り込まれている。

「本来は成婚式での花嫁のお披露目を受けてから渡すものだけど、貴女の場合、もうとっくにほかの部族の者たちへのお披露目は済んでいるから、許されるでしょう。……と言っても、ちょっと急ごしらえ感が出ちゃっている部分もあるから、明日の成婚式で再度渡す時には、もう少しどうにかしておくわ。最後の最後に刺繍を入れたお二人の刺繍だけ、急がせたからか技量の問題なのか、見た目にでこぼこしちゃっているのよね」

聞けば、この多色の外套は、蟠桃公主がそれぞれの色の部族の女性たちから認められたことの証なのだという。改めて色を見ると、黒公主の言う見た目がでこぼこの部分は、白い花と碧の葉の刺繍が施されていた。

おそらく、白公主と碧公主の手によるものだ。では、碧公主はご無事なのだ。二人そろって急ぎで刺繍を入れたということは、きっと白公主が碧公主を助け出し、一緒に帰城したということではないだろうか。安堵して、外套をぎゅっと抱きしめた。

「単騎での帰城というのは、いい考えだったわ。顔が多少強張っていたけど、並足での騎乗姿勢は綺麗だったし、走らせるときもきちっと軸がぶれてなかった。遠目に見て、乗り慣れていることはもちろん、貴女の覚悟もちゃんと伝わったはずよ」

　黒公主に馬の乗り方で褒めてもらえたことも嬉しいが、それ以上に、覚悟が伝わったと言ってもらえたことが嬉しい。ますます緩んだ顔になったところで、黒公主が指摘した。

「……それに、その緩んだ顔も良かったわよ。蒼太子が見えたんだろうなって瞬間に、それまで強張っていた顔が一気に緩むんですもの、見物だったわ。首長が爆笑しながら『見たか、あの顔。ほらみろ、あの二人を娶《めあわ》せたのは正解だっただろう』って、周囲に大威張りよ。あれで、貴女がにやけているのは企みあってのことじゃないって、みんなもわかったでしょう。うん、すごく効果的な帰城だったと思う。ワタクシは、貴女のことを威国の太子妃として歓迎するわ。……おめでとう」

　草原の国の方々は、皆さん目が大変よろしいようだ。ぱっと見、近くには誰も居なかったのに遠くからあの緩みきった顔になる瞬間を見られていようとは。

「あ、ありがとうございます。黒公主様にも、この外套に彩りをくださった皆様にも」

「黒公主、僕からも感謝を。……蟠桃公主様、かして」

馬を寄せた蒼太子が、蟠桃公主の手にある外套をとると、そっと着せかけくれた。

「似合うよ。……では、『僕の妃』。共に行こうか」

蒼太子に促され、蟠桃公主も馬を走らせた。

いつか、蒼太子と馬を並べ、草原を駆けてみたいと思っていた。それがこんなにも早く叶うとは。

ますます緩みきった顔で、この半月の間に馴染んだ蒼部族の幕営へと駆けていく。

近づくにつれて、二人を待っている人々が見えてくる。

「……ずっと、こんな風に貴女と並んで、元都の草原を馬で駆けていたい。……僕は、そう思っています」

並ぶ馬上から蒼太子の声が聞こえる。彼が、これから蟠桃公主とどうありたいかを口にするのは、これが初めてだった。

「わたしは、黒龍河に浮かぶ凌国との貿易船も一緒に眺めたいです。あ、一緒に乗れたりもしますか？　船に乗るのは慣れているので大丈夫ですよ！」

「蒼部族の本拠にいらしていただけるんですか？　元都みたいに色々ある場所じゃないですよ。以前、本拠に……という話をしたときは乗り気でなかったようでしたが、何か心境の変化が？」

元都に比べれば、どの部族の本拠も街として成り立っていない。貿易港を持つ、蒼部族の本拠も例外ではない。

「渋ったのは、蒼太子様には元都でのご公務もありますから、新婚早々離れ離れになりたくなかったんです。本拠に行くことに抵抗はありません。だって、そこは、わたしがあなたと育てていく街ですもの。だから、むしろ早く一緒に行きたいです」

馬の足を少し緩める。蒼太子の目を見て、話したかった。

「蒼太子様。わたしには、あなたとだから、一緒に見たいと思うものがたくさんあります。……あなたは、わたしと一緒に見てくださいますか？」

蒼妃になるその前に、蟠桃公主として、郭彩葵として、蒼太子に嫁ぐ想いを伝えておきたかった。

「もちろんです。僕も、貴女とだから見たいと思ったものがたくさんあります。まずは、今日のために本拠から部族の者がたくさん来ています。僕らの民を、貴女に見てほしい。……いえ、それ以上に貴女を彼らに見せたい。こんな素晴らしい妃を迎えたのだと自慢させてください」

遠くから聞こえる迎えの声に手を振って応え、二人は馬の速度を上げた。

この夜、相国から来た蟠桃公主が、威国の蒼太子に正式に嫁いで蒼妃となった。翌日の成婚式がお披露目の場だというのに、ほかの部族からも祝いの品を携えて人が集まった。宮城の蒼部族の区画では、夜通し蒼部族の笛の音を中心にさまざまな部族の楽器が音を奏で、祝いの曲が草原の夜に響き続けた。

翌朝、玉座の前の大広間には色があふれていた。威国十八部族から相国からの太子妃を歓迎すると宣言した部族の、それぞれの代表が、蒼太子の成婚の宴席に参加しており、各々《おのおの》部族の服装に身を包んでいるためだった。

そこへ主役の蒼太子が太子妃を伴って入ってくると、彼らは一斉にどよめいた。相国から嫁いできたその太子妃が、最初にこの広間に来た時にまとっていた相国の婚礼衣装でなく、蒼部族の婚礼衣装に身を包んでいたからだった。

彼女に、向けられる視線には、もう蔑みも憐れみも含まれてはいない。新婚夫婦への感嘆と歓迎があった。

蒼太子は、玉座の前まで進み、自ら広間に集う人々に蒼妃を紹介した。それを受けて、蒼妃は顔を上げて、可愛げある弟直伝のよく通る発声で挨拶をする。

「蒼部族の太子妃にございます。これまでもこれからもよろしくお願いいたします」

ここに威国史上初めての、高大民族出身の太子妃が誕生した。

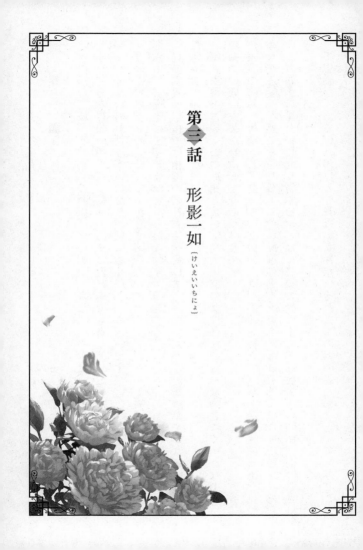

第三話　形影一如

〔けいえいいちにょ〕

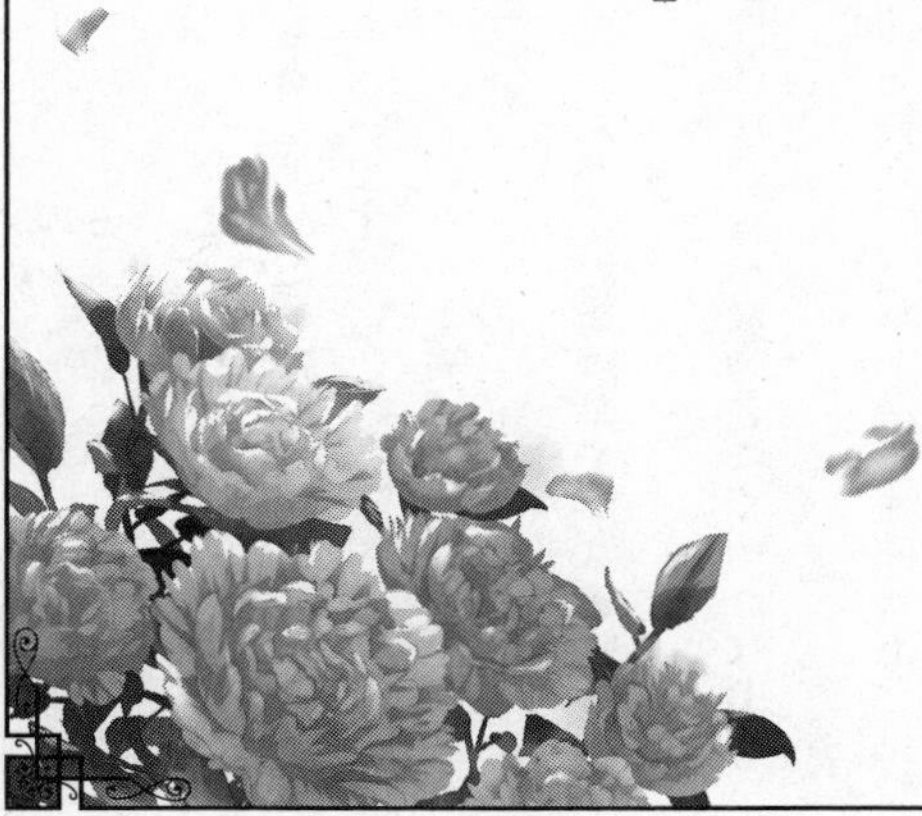

■一■

黒の国の宮城、その謁見の間で、白の国から来た二つの影は、たくさんの視線に晒されていた。その視線の多くは、嘲《あざけ》りであり、哀れみでもあり、品定めでもあった。

「このような場を設けていただき、誠にありがとうございます」

二つの影のうちの一つ、相国から威国蒼太子に嫁ぐことになった蟠桃公主が玉座の前に進み出て、優雅さを感じるほど滑らかな動きで跪礼する。

昼の到着の挨拶では相国の婚礼衣装を身にまとっていたが、いまは華やかな青味を帯びた薄絹を、何枚も重ねた襦裙《じゅくん》を着ていた。

婚礼衣装と言い、この襦裙と言い、高大民族の女性はなぜこんな動きにくそうな上に、防御力の低い衣装を身にまとうのだろうか。

玉座の傍らに護衛として控えていた白公主は、挨拶を終えて立ち上がる蟠桃公主を見つめながら疑問を感じる。ただ、この『歓迎の宴』というには好意的ではない視線を、あらゆる方向から注がれても、臆《おく》することなく笑顔で受け止める蟠桃公主の顔に、弱々しさは感じられなかった。

不思議な、あるいは得体《えたい》のしれない女性だ。それはこの場の者たちにとっても同じことなのだろう。注ぐ視線に効果がないのを感じて、人々は対象を変えたようだ。姉の通訳も兼ねているため、その隣に席が置かれている蟠桃公主の弟のほうへと視線を移し、色々とささやき合っている。

こちらも相国の男性装束か、身体の線が出ない緩い丸首の白い袍《ほう》を身にまとっていた。その胸には相国の守護獣である白虎《びゃっこ》が刺繍されているわけだが、威国にはいない長身痩躯《ちょうしんそうく》にして怜悧《れいり》な顔立ちは狐《きつね》を連想させ、まさに『虎の威を借る狐』などと、会場のそこかしこでささやかれている。

だが、こちらもその視線を一声ではねのけた。

「ところで、古北威《こほくい》の遺跡はどのあたりにあるのでしょうか？」

明るく期待に満ちた声に、その場の誰もがどこの誰が場違いな声を発したのかと周囲に視線を巡らせたほどに意外な声だった。

「……ほう。喜鵲宮殿は、我が国の歴史にご興味がおありか？」

低くよく響く声に、ざわめいていた謁見の間が沈黙する。

威国十八部族、その頂点である黒部族の長にして、この国の全部族を束ねる存在、威国首長の直言であった。

喜鵲宮。このたび、相国から威国へ嫁いできた相国公主の付添人として、この元都にやってきた相国の第三皇子だ。背が高いだけで、全体に細く弱い印象の男が、国賓席から首長の座る最奥の席にまで聞こえる声を張ったのだ。白公主は、少しばかり感心した。

首長は、黒檀《こくたん》の玉座に据えられた獣の形を模した肘《ひじ》置きに手を置き、身を乗り出すようにして客人を見下ろす。

この席で、首長は金糸の刺繍を施した黒衣の袍をまとっていた。幼い頃から戦いの場で鍛えてきた身体は、六十歳目前とは思えないほど大きく力強い。また、四角い顔に太い筆で力いっぱいに引いたような眉と鋭く大きな目、口ひげから覗くやや厚い唇、鼻筋のはっきりした顔立ちには、北方騎馬民族《ほっぽうきばみんぞく》特有の野性味がにじみ出ていた。椅子に座っているだけで荒々しさを全身から立ち昇らせている。

比喩《ひゆ》ではなく、本当にひと睨みで泣く子を黙らせる威国首長の問いにも、臆することなく喜鵲宮が応じた。

「もちろんです！　自分は歴史学者として、成婚式当日までの、この空いた時間を有意義に……はぐっ！」

喜鵲宮の思いの丈《たけ》は、宴の席に響き渡る乾いた音と本人の呻きで途切れた。

「い、痛……」

「いいかげんにしなさい、この歴史馬鹿！」

この宴の主役でもある蟠桃公主が、手にしていた閉じた扇の先を弟の額に当てて、その顔を覗き込んで言った。

「本当にこの歴史馬鹿ときたら……。あなた、自分が何のためにこの国に来ているのか忘れているんじゃないでしょうね？　だいたい、こういう時だけハキハキと話すって、なに？　普段からそれぐらい声出しなさいよね」

同意といえば同意。到着の挨拶と威国側の婿である蒼太子との初顔合わせの席では、単なる側仕えかと思ったほどに、ぼそぼそと目立たない声で、蟠桃公主の通訳に徹していたのだ。とてもこんな声が出るようには思えなかった。

「……ご冗談を、姉上。記憶力には自信のある僕が忘れるはずがありませんよ。威国へ嫁がれる姉上の付き添いです、相国第三皇子としての公務です、公務」

元の口調に戻さずに、よく聞こえる声で姉弟は話を続けている。

「だったらなんで、史跡巡りに行こうとしているのかしら？　姉に解《わか》るように説明してくれるわよね、聡明なる我が弟よ？」

蟠桃公主の怖い笑顔に、喜鵲宮がハキハキと応じた。

「これはいわば配慮です。姉上の成婚式までは約半月あります。その間、国賓待遇で都《と》城《じょう》に居座っては、威国にご負担をお掛けすることになってしまいます。ですが、私が史跡巡りに出れば、威国側の負担は案内人一名と保存食数日分で収まるではないですか」

首長が花嫁の顔を見てから、花婿となる太子を最終決定するとしていたために、『蒼太子との婚姻』が公《おおやけ》に知らされてから、まだ半日と経っていないのだ。結果として、すぐに成婚式が行なえる状態になく、約半月の準備期間が設けられた。この国賓の滞在期間延長の非は威国側にあるわけで、そこで国賓である喜鵲宮のほうから、滞在する国に負担はかけまいと言っていただけるのは、こちらとしてはありがたい。

だが、本音ではないな。宴の場の誰もが感じ、当然姉である蟠桃公主の詰問《きつもん》は続く。

「……で、叡明。本音は？」

途端に勢いが落ち、口調がぼそぼそとしたものに戻る。ただ、そこに見え隠れする熱量は、逆に増していた。

「これが好機でなくて、なにだと？　草原地帯を進んだ先にある砂岩地帯には、いまも高大帝国以前の史跡が放置されているんですよ。それだけではない。砂岩地帯の山々には、石窟宮殿《せっくつきゅうでん》の跡が残っていると聞いています。これは騎馬民族が合議制《ごうぎせい》で初期の国家を築いていたことの証明とされる遺跡です。石窟宮殿は、高大民族がおいそれと近づくことを許されなかった土地で、研究が進んでいない。これを機にその宮殿様式の研究から騎馬民族のさらなる祖先を辿《たど》ってですね……あ……」

宴の席に、蟠桃公主が扇で喜鵲宮の額を叩く音が、再び響き渡った。

建前を口にしても、本音を口にしても、結局は姉に怒られる。白公主は、少しだけ喜鵲宮が気の毒に思えた。

「相国の姉弟喧嘩《けんか》とは、虎でなく猫がじゃれているようじゃないか」

誰ともなく呟き、忍び笑いがそこかしこから聞こえた。大広間に響き渡る音ではあるが、閉じた扇で叩いているその威力は強くない。きつく叱っているように見せているだけだ。武人の国である威国の者だから、皆わかっている。蟠桃公主の声にも、どこか温かみを感じる。二人のやりとりを見ていた威国側の者たちの誰もが、いつの間にか微笑ましさに口元を緩めている。

悪くない雰囲気だ。広間を見渡した白公主の視界に、白は白でも、相国でなく威国白部族の白い衣装をまとった女性の姿が入った。

元都にいらっしゃっていたのか。……お元気そうだ。

そう思うと同時に、気づかなければ良かったとも思った。その女性は、周囲と同じく目を細めて、相国の『姉弟』のやり取りを眺めていた。

そんな視線、自分は向けられたことがない。

その女性は、白部族から当代の首長の妃となった白夫人。白公主の生母である。白公主は、彼女の二人目の娘だった。夫人は、次期首長候補となる男子を産むまで部族の本拠に戻ることを許されていない。二人目も女児だったことに絶望した白夫人が、その二人目の娘である白公主に付けた名は『不要なもの』・『不用品』を意味する言葉だった。

■二■

歓迎の宴が終わり、謁見の間を出て数歩のところで、首長が足を止めた。閉まる扉を肩越しに振り返る。これに従い、白公主も足を止めた。

「……首長、どうかなさいましたか？」

同じく護衛として首長の傍らにいた黒太子が問いかける。

「あの男、なかなかやりおるわ。……さすが至誠の息子だな」

首長の呟きに、白公主は俯いていた顔を上げた。

「見たか？　聞いたか？　喜鵲宮は、わずかな間に三つのことを成し遂げたぞ。我が国の歴史への敬意を示し、研究を望むことで相国側の和平の意志を強調した。次に、自身が学者であると公言し、戦いに来たわけではないことを先手で示した。これで、他国の者となるとちょっかいを出したくてたまらない腕に覚えのある者たちを牽制した。学者に勝負を吹っかけて勝ったところで、なんの自慢にもならないからな。その上で、姉が決して男の言うことを聞くだけの弱々しい公主ではないことも見せつけた。高大帝国から分かれた国々では、女の地位が低く、弱々しい存在だ……という我々の先入観を覆したわけだ。これで今夜の宴に来ていた部族の者たちの、蟠桃公主に対する蔑みや憐れみの目に多少の変化が現れるだろうな」

「それらを狙って、あのような……。首長のおっしゃるとおり、喜鵲宮様は頭の良い方ですね。ですが、自身が学者だと……腕に覚えない者であることを口にしたのは、和平反対派を刺激してしまったのではないでしょうか？」

白公主の指摘に黒太子が小さく笑う。

「その存在を首長がお許しにならないということも計算済みなんじゃないかな？」

この感じ、黒太子も喜鵲宮に高評価をつけているようだ。

姉の蟠桃公主に続いて、喜鵲宮も不思議な男だ。強さだけが価値基準のこの威国で、戦わない己を晒して、それが受け入れられるとは。思わず白公主は、謁見の間の扉を見た。

「面白い男だな」

威首長が言い、視線を巡らせれば、いつも以上に厳しい表情をしている。

「……白公主。これから半月、喜鵲宮が威国に滞在する間、その護衛につけ。あの男になにかあれば、威国として色々と厄介なことになる」

威首長の命令に、白公主は己の興味を打ち消し、すぐに復唱する。

「喜鵲宮様の護衛、承りました」

首長に了承を示すため頭を下げてから、相国からの客人たちは立礼《りつれい》ではなかったな、と思い出す。あんな動きにくそうな衣装で、滑らかに跪礼していた。あれが、高大民族の公主というものか。

「首長。白公主を付けるということは、遺跡巡りをお許しになるのですか？」

黒太子の確認に、首長が鼻を鳴らす。

「もちろんだ。……そのつもりで用意せよ。よいな、黒太子」

「御意《ぎょい》」

首長と黒太子の交わした言葉には、何か言葉の外に含むものがあると感じた。だが、白公主は何も言わずに頭を下げたままで控えていた。首長は黒太子に言ったのであって、白公主に言ったわけではないからだ。

「あの姉弟のこと、頼むぞ。二人とも」

自分にも声がかかり、白公主は顔を上げる。首長が命令の念押しをすることは珍しい。

蟠桃公主と喜鵲宮のことは、それだけ首長にとって重要な問題なのだ。長く続いた威国と相国の戦いが終わった。二人は、その和睦の象徴だ。数十年以上続いてきた戦いを終わらせるために、もう十年近く話し合いを続けてきたという話を聞いている。ようやく和睦にこぎつけた、ここで二人になにかあっては、すべてが水泡に帰してしまう。

白公主は、これがこの国にとって重要な任務であることを改めて胸に刻んだ。

首長が宮城の部屋に入られると、護衛を扉前に控えている者に交代して、御前を下がってきた。

「首長は最後までご機嫌だったな。……相の皇帝に送る手紙を書くんだろう。お二人が無事に着いたとかなんとか」

それを言う黒太子も機嫌が良いようだ。いや、首長が相皇帝に手紙を書いているところを想像して笑っているのかもしれない。黒太子は以前から『可愛い』の基準が、ややズレている気が、白公主はしている。

過去には、巨躯の武人が子犬を抱えている姿を、目を細めて眺め、「ああいうのを可愛いと思う」と言って、彼の気を引こうと群がっていた令嬢たちを困惑させていた。

「首長は、相皇帝と直接手紙のやりとりをするほど懇意でいらっしゃるのですか？」

黒太子の表情については触れずに、首長と相皇帝とのことを尋ねた。

「そうか、白公主が首長の護衛に付くようになったのは、最近だから知らないか」

黒太子は少し距離を詰めると、やや小さな声で教えてくれた。

「首長は、まだ太子であった頃に戦場で、当時同じくまだ皇子だった相皇帝と出逢ったそうだ」

それは初耳だった。今では、それぞれが国主の立場にある二人に、過去の因縁があったということか。

「では、直接戦われたのですか？」

男性は、一騎打ちの結果、共に武勇をたたえ合い、仲が深まることがあると耳にしたことがあるので、そう聞いてみた。

「いや、一緒に戦場を逃げ回って、生き抜いたんだそうだ」

「……えっ……？」

黒太子の話は、意外なものだった。

「首長も当時まだ首長候補の一人だった。黒部族の首長候補は……どうしてもほかの部族から狙われる。それは、皇子だった相手も同じだったらしくて、二人して自国兵から逃げていたところを見て、お互いに自国兵だと思って助けたんだって。……俺は、この話を幼い頃から幾度も聞かされてきたから、すっかり覚えてしまった」

黒太子もまた『黒部族の首長候補』だ。首長ご自身の経験を繰り返し語ることで、黒太子に日頃から用心するように促したのだろう。

「相の皇子は、首長にとってともに戦場を生き抜いた友人の息子だ。喜鵲宮殿の願いはできるだけ叶えたいし、なにごともなく帰国してほしいと思っていらっしゃる。先ほどの念押しは、そう言う理由だ」

「理解しました。首長にとって、ただの国賓ではなく、真に大切なお客人ということですね。必ずや、喜鵲宮様をお守りいたします」

黒太子が言ったように、白公主は最近まで戦場に居た。大きな戦場よりも、少数精鋭の遊撃隊を率いて、大陸中央や山の民など威国領内にちょっかいを出してくる勢力を、追い払っていた。元都の裏事情には多少疎いところがあるのを自覚している。だからこそ、与えられた任務は完遂《かんすい》する。それだけが、自分が必要とされる場所を作るのだ。

「ああ、そちらは頼む。俺は別方向からお二人を護れるように準備をしておく。……成婚式までの半月で、首長の方針に反抗的な部族をあぶり出す。相の皇子の遺跡巡りは、彼らにとって狙い目だ。宮城でなければ、武器の使用も可能だし、相の皇子は、自ら戦う者ではないと公言している。腕試しでなく、和平反対派には好機だろうからな」

どうやら先ほどの首長とのやり取りは、そういう話だったらしい。

「蟠桃公主様は、蒼太子といることで近くには曹真永殿がいる。あちらは問題ないだろう。

……首長は、俺がお護りする。相の皇子のことは、白公主に頼みたい」

たしかにあの曹真永が近くに居るのであれば、問題は起こらないだろう。彼は強い。

「承知いたしました、喜鵲宮様の護衛任務に集中いたします。……では、明日の出立の準備をいたしますので、失礼いたします」

挨拶を交わし、黒太子とわかれると、白公主は出立の準備のことを考えてみた。ものの数秒で、大きく首を傾げる。

「遺跡巡りというのは……何が必要なのだろう？」

遊撃隊を率いて、国内の様々な戦場に出向いた経験はある。だから、どの戦場に行っても必要なものは知っているが、遺跡巡りは初めてだ。荷物として何が必要なのか、見当がつかない。

喜鵲宮に確認するよりない。そう思うも、白公主が喜鵲宮を見つけたのは、翌日の昼近くになってからだった。こんなにも大人しく守られてくれない護衛対象者というのは、初めてだった。

■　三　■

遺跡巡り宣言の翌日の昼頃、白公主は喜鵲宮とともに元都を離れた。

朝からの出発にならなかったのは、喜鵲宮が元都在住の威国人歴史学者と明け方近くまで議論を交わしていたため、準備が全くできていなかったからである。

威国にも歴史学者がいる、というのを白公主は今回初めて知った。

「いくら各地の戦地を回っているからって、元都でも高名な学者を知らないなんて、信じられないよ」

遺跡に向かうにあたって、学者に遺跡の状況を確認し、それに合わせた道具を持っていく必要があるからという話だったが、結局朝まで議論していたわけで、出立準備はできていなかった。その上、成婚式に間に合うように元都に帰らねばならないため、日程に余裕がない。出立を一日遅らせるということはできなかった。結果、万全に程遠い最低限の道具だけを携えての出発となってしまった。

白公主には理解しがたい感覚だった。もしこれが戦地に向かうという話であれば、こんな準備不足での出立は、行く前から負けが決まっているようなものだ。

もっとも、どこへ行こうと、最終的には、往復に必要な食料と飲み水さえあれば、それでこと足りるとは思っている。余分な荷物は、いざなにかあった時、すぐ行動することの妨《さまた》げになるので、できるだけ携行してほしくない。

喜鵲宮の護衛は、首長と黒太子から与えられた任務である。特に喜鵲宮は、荷物の件以上の問題があるのだから、できるだけ大人しく守られてほしい。どこで、どんな戦いを強いられ、その問題に足を取られるかわからないのだから。その問題というのは……。

「わたくしには、いまのあなたのほうが信じられません。蟠桃公主様は、馬にお乗りになると伺いました。それなのに、皇子のあなたが乗れないなんて……」

白公主は、ため息とともに今回の遺跡巡りで最も大きな問題を指摘した。

この騎馬民族の国で、一頭の馬に二人乗りなんて、幼い子どもの頃だけだ。威国では、心身ともに健全な男女は、ある程度の歳になれば自分の馬に跨り、一人でどこにでも行く。白公主だって、物心つく頃には自分の馬を与えられ、大人と同じ速さで馬を走らせられるようになった十歳ごろからは戦場を単騎で駆けていたくらいだ。

おまけに、この二人乗り、手綱を握っているのは白公主のほうなのだ。おかげで、宮城を出発する時だけでなく、元都の街門を出るまでにも数多くの視線にさらされた。人目を避けて朝早いうちに元都を離れる予定だったのに、昼出立になってしまったことも悪目立ちした原因のひとつである。

なお、本来は喜鵲宮が乗るために用意された馬は、人ではなく荷物を載せている。

「馬術は片割れの……双子の弟のほうに配分された能力で、西王母様も僕には欠片も配って下されなかった。致し方ない」

西王母のせいにするとは、神をも恐れぬ言い訳するものだ。呆れる白公主に、あまり悪びれもせずに喜鵲宮が本音を口にする。

「実を言うと、姉上を送り出すためにできる限りの手配をしているうちに、自分のことがおろそかになっていた。一冊でも多く、姉上の本に威国語の訳をつけて、元都に着いてからも読み書きの勉強を一人でできるようにしておきたかったんだ。……まあ、それで気が付いたら、出立の日だったわけだけど。文例は多いに越したことがない。いつ、どんな言葉が必要になるかなんて、さすがの僕でも計算しかねるからね」

どういう話かと聞けば、蟠桃公主が威国に持ち込んだ荷物の大半は書籍で、そのすべてに威国語訳が併記されているという。その訳をつけたのが、喜鵲宮自身で、そのために馬術の練習に費やす時間がなかったというのだ。

だが、白公主にしてみれば、二十歳を超えたその歳まで、まともに馬に乗ったことがなく、馬術練習を必要とすることが、すでに驚きに値することだったりする。

「……今のお話でいくと、双子の弟殿は、馬にも乗れるし、戦えるのですか？」

神の名を出すほどに配分が偏っているとは、どれほどの乗り手かと思えば、意外な答えが返ってきた。

「そう。……翔央は武官だ。それも武挙《ぶきょ》（武官登用試験）に合格した正式な武官だよ。相国四大将軍の一人を師匠に持ち、武術はひと通りできる。普段は大人しくしているけれど、すごく強いよ」

威国の武人を相手に『強い』と言い切るとは、なかなかに挑発的だ。それ以上に、威国ならともかく、相国でも皇子が武官になることがあるのにも驚かされる。

「では、弟殿が、蟠桃公主様の付添人をされたほうが良かったのでは？」

付添人といっても、言ってしまえば身内の護衛だ。武人として強いほうがいいと思う。少なくとも、付添人としての義務を放棄し、遺跡巡りで宮城どころか都を離れるような人よりは、付添人の役割を果たすだろうに。

「いいんだよ、僕のほうで。……翔央のほうが姉上の護衛にはなるだろうけど、威国語が話せないから付添人に向いていない。それに、相国の武官が元都に来るというのは、まだ早いよ。信頼関係が成立していないからね」

「政治的な理由ですか」

白公主は確認した。目の前の戦いに勝つことだけを目標に生きてきた白公主は、政治というものがあまりよくわかっていない。少数精鋭の遊撃隊を率いての転戦の日々を脱して、首長と黒の第一夫人の護衛任務を拝命したのは、つい最近のことだ。黒太子からは、首長の護衛には政治的感覚も必要だと言われたが、まだ国内の、それも宮城内での力関係ぐらいしか把握できていないのが現状だ。

「政治的か……そうともいえるね。でも、実際のところは、もっと単純に人の気持ちの問題だよ」

政治がわかっていないことを、また『信じられない』と言われるかと思えば、違っていた。しかも、喜鵲宮の口調には嘲りなどは含まれていなかった。

「直接本人同士じゃなくても、相国の武官と威国の武人は、つい先ごろまで戦っていた間柄だ。みんながみんな、戦争は終わったのだと割り切れるわけじゃない。……馬にも乗れず輿で移動し、まともな得物《えもの》のひとつも携えていない僕だから、元都の宮城まで入ることを許されたんだよ」

どんな戦いでもわだかまりは残る。国と国が政治的に決着したらそれで終わりとはどうしてもならない。自身を、家族を、親しい人を……時として同じ部族の者を苦しめた相手であること。それは、理屈を超えて心の深くにまで刻み込まれた憤りにつながる。

喜鵲宮は相国と威国の間にあるものとして語ったが、白公主としては馴染みある感覚だ。威国内であっても、部族同士でいがみ合うことがなくならないのだから。

「翔央だったら、元都に入る前に、どうにかなっていたかもね……」

そうかもしれない。花嫁である蟠桃公主はともかく、付添人の相国の皇子まで輿に乗って元都入りしたことは、今回の婚姻には相国側の策略が潜んでいると主張する威国側の和平反対派の出鼻をくじいた。

首長も言っていたとおり、馬にも乗れない男に急襲をかけて勝ったとしても、なんの自慢にもならない……というのが、威国の武人の基本的な考えだからだ。

「……わかりました。喜鵲宮様は、得物を持たずとも戦っているのですね」

ふと思って口にした言葉だったが、喜鵲宮は嬉しそうに応じた。

「そうだね。……僕の武器は、この頭だから」

武人でなく軍師《ぐんし》なのだ。そう置き換えれば、白公主にも喜鵲宮を理解できる。同時に尊敬の念を抱いてしまう。どんな形であれ、戦い、勝ち続けている者を讃《たた》えるのが、威国人というものだ。

「……では、喜鵲宮様。この国にご滞在の間は、あなたの武器に、わたくしをお加えください」

戦うことが白公主の役割である。一兵卒として、喜鵲宮のような将の下であれば、存分に自分を使ってもらえそうだ。そう思って言ったのだが、肝心の喜鵲宮は、苦笑いを浮かべただけだった。

「すごいことを言うね。……僕は、誰かを自分の武器にするなんて考えたことがないよ。

翔央のことも武官だからって、剣《けん》や槍《やり》だなんて思ったことはない」

「ですが、わたくしは、あなたの護衛としてここに居ります。剣であり盾であるのが己の役割と心得ています」

白公主はこれまで、むしろ、誰かの剣や槍だったことしかない。誰かにそのように使ってもらうことこそが、自分の役割だと思ってきた。それこそが必要とされている証なのだと思っていた。

「役割ね。……そんなものは、あってもなくてもいいんじゃないかな」

驚きすぎて、声も出なくなった。『役割』というそれ自体を否定されるとは思っていなかった。役割に役目、それらの言葉は、記憶にある限り昔から、白公主に課せられてきたものだ。

「姉上だって、公主の役割になんてこだわることはないんだ。あの『華王』に嫁がずにすんで、もう死ぬまで栄秋に居座るなんて口では言っていたくせに、公主の責務を果たせとか真顔で言う周囲の重圧に押し潰されて、公主だからって自分に言い聞かせてこの話を受けたんだ。まあ、姉上の場合、魂に刻み込まれた『公主の義務感』で嫁いだみたいなところもあるけどね。……今回の話、僕が付き添った理由のひとつは、相手を見て姉上の意に沿わないようなら連れ帰ろうと考えていたからだ」

そこまでくると、役割の否定ではなく叛逆《はんぎゃく》だ。付添人が、それ以前に一国の皇子が和平の証である婚姻を壊そうとするとは、いったいどういうことなのだろうか。

「でも、その相手があの蒼太子だったからね。おかげで、姉上は自分の意志で嫁ぐ覚悟ができたみたいだ。……僕が付き添う理由がひとつなくなったわけだから、心置きなく遺跡巡りを楽しませてもらえる。蒼太子はもちろん、彼を選んでくれた威首長様にも感謝だ」

いい話にまとまった……わけではない。花嫁を連れ帰るか遺跡巡りに行くかの二択というのは、どういう状況なのだろうか。

「連れ帰る……そんなことをすれば、再び……。喜鵲宮様は、戦いの継続をお望みなのですか？」

もしや、喜鵲宮は和平反対派なのだろうか。なんとか言っていることを理解しようとするも、またも弾《はじ》かれる。

「お望みではないよ。僕は、国同士の戦いなんてしないに越したことはないと常々思っている。生産性も発展性もない愚かな行為だ。……そもそもこの戦いは、色々と邪魔が入ったせいで、終戦までに時間がかかってしまっただけだ。本当はもっと早く終わっているはずだったのに」

考え方が違いすぎる。この人を解ろうとするほどに、解らないのだと思い知る。これまでに会ったことのない思考の持ち主だ。高大民族だからだろうか。凌国出身だというう曹真永とも違っている。『これまでに』とか『初めて』という言葉を幾度重ねても足りないくらいに、これまでに会ったことのない考え方をする人だった。

「納得がいかないようだね、白公主。僕は、国家間の婚姻を穏便《おんびん》になかったことにする方法なんて百は思い浮かぶよ。みんな、政略的婚姻を破棄《はき》することはできないと思い込んで、本気で破棄することを考えないから何も思い浮かばないだけだ。考えようとしなければ、できるもできないもありゃしないのにね」

喜鵲宮は、軽く鼻を鳴らした。もしかすると、この人が敵視しているのは、他国でも自国でもなく、考えを固定して、それ以上に考えようとしないすべての人なのかもしれない。

「公主の役目を果たして隣国に嫁げ、なんて、本当にくだらない。……役目も役割も居場所も、本来、他人に押し付けられるものではないんだ」

馬上に二人。距離が近いからだろうか。喜鵲宮の言葉が、胸の奥の奥に突き刺さる。

「生きたい場所、生きる理由、それは自分で決めることだ。どこで生き抜くのも、どんな理由で生きていくのも、楽なことばかりなわけがない。それでも生まれた以上は、生きていかなければならないからね。そして、それを支える『覚悟』は、自分の中からしか生まれないものだよ」

これまでの白公主は、自分の生きる場所を自分で決めるなんて考えたこともなかった。すべては、自分が誰かに必要とされるために、与えられたこの場所で生き抜くために……。

戦場という死ぬ場所だって、誰かに命令されれば、疑問も反論もなく向かっていた。すべては、自分が誰かに必要とされるために、与えられたこの場所で生き抜くために……。

「わたくしは、この威国の武人です。この国のために生き、この国のために死ぬのが役割です。そうあるために、このような強靭《きょうじん》な身体に生まれたのです。戦い続けることの覚悟はできています」

白公主の身体能力は、同じ年代の太子や公主の中でも、桁違いに高い。馬で戦場に出れば、誰よりも速く駆け、人馬入り乱れる乱戦の場でも巧みにすり抜ける。身長不相応の長槍も振り回されることなく、的確に操る。戦うために特化された存在だ。太子たちは、公主で良かったと言い、公主たちは太子でないことを惜しんだ。

白部族は、十八部族の最下位だ。そんな部族に傑物が生まれた。そう周囲が言うほどに、白夫人の目は、ますます白公主を映さなくなっていった。

白部族は、白夫人によって、ごく初期の段階で白公主を手放した。養育は、国母である黒部族出身の正妃・黒の第一夫人が受け持った。

その後、十年近い時を経て、白夫人は三人目の子を産んだ。待ち望んだ太子だった。だが、その白太子は、生まれつき身体が弱かった。それこそ、西王母が白太子に配分するはずだった武人としてのすべてを、先に生まれた白公主に与えてしまったかのように。

白夫人の一人目の子、白公主の姉にあたる子も身体が弱かった。威国でも北西の端《はし》にある白部族の本拠への移動には耐えられないだろうという侍医《じい》の判断で、最低限の体力がつくまで元都の宮城で育てられるも、ついに白部族の本拠に行くことのないまま、幼くして亡くなった。この前例があるだけに、白部族は白太子の将来にも希望を見いだせなかった。

ほかの次期首長候補より年若く、身体も弱い白太子。この太子では、次期首長候補が示すべき実績を積むことは難しいだろうと、そう判断した白部族は、早々に次期首長候補として白太子を推すことを諦めた。それどころか、この身体では部族の長として立つこともできないだろう、と別の部族長候補を育てているらしい。白公主と白部族との関係は断絶したままなので、伝聞でしか知らない話ではあるが。

白公主は、あくまで公主だ。いずれ首長の決定に従って、どこかの部族の長に嫁ぐ。だから、白部族からしたら、やはり部族の長になれるわけでもない不要な存在でしかない。故に、関係を取り繕うという考えなどなく、断絶はいまも続いている。

「白公主、君に役目や役割を押し付けた連中は、その支えとなる覚悟までは、決して君に与えてくれない。誰かに与えられた道を歩んでは駄目だよ。人はいずれ死ぬ。こればかりは避けようがない。だから、どんな道を歩んだとしても、それは誰にとっても命の時間を使う命がけの行為なんだ。なのに、命をかけるに値しない道を、誰かに言われるままに歩むだなんて、命を無駄にしているのと同じことだと思わないかい？」

この国で生きるために選んだつもりの『人に与えられた場所で生きる』ということが、結果的に自分の命を無駄にしていることになるというのか。

「なんて、残酷な……」

草原を行く風の音にかき消されるくらい幽《かす》かに呟く。手綱を持つ手に力を入れていなければ、馬上で倒れてしまいそうだ。

「……歴史を学んでいると、一人の人間ができることなんて、本当にたかが知れていると思い知らされるよ。当時の地位がどれだけ高くても、ほとんどの者が名前さえ残せない。神話の昔から今に至るまで、歴史にその真の名を刻むことができた人物というのは、覚悟を持って自分の道を歩き続けた者だけだよ」

喜鵲宮の言葉は容赦がない。これまでに出逢ってきた人々のように、白公主を武器として利用するつもりがないから、強さを称賛することなく弱さを突きつけてくる。

「白公主、君のその戦い続ける覚悟は、どんな戦いに対する覚悟なの？　その戦いは、君が命を懸ける理由になるほどのものなの？　……元都を離れている間に、ゆっくり考えてみたらどうだろう。目の前に対処すべき戦いがない今なら、それができるでしょう？　生死を脅かすなにかが目の前にない時にしか、人は自分の足元や遠い先のことを考えようとしないものだからね」

言われると考えてしまう。誰かが護るべきものと定めたこの国の、どこに行っても、自分を護ってくれる誰かはいない。護られることなく、ただ一方的に護ることを使命と思って生きてきた。だが、その使命は、自身が、命の時間を懸けるに値するほどのものだったのだろうか。

これまでのすべてを揺さぶられる。足元を見ずに進めなくなることが怖い。考えることが怖い。なにもかも、失ってしまうような気がして。

草原の先の先に見える青峰を見つめる。居場所のないこの国で、どこを見たって、白公主の支えになってくれるような大地などありはしないというのに。

■　四　■

今回の遺跡巡りは、元都から一番遠い石窟宮殿を最初に見て、そこから、ほかの遺跡へと移動しながら元都へ戻ってくるという道程をとった。

本日、元都まで西にあと二日のところにある遺跡巡り最後の遺跡に到着した。二人乗りの馬でのことで、本来ならばもう半日以上は早く着いたはずだった。

「時間に気を付けないと、蟠桃公主様の成婚式に間に合いませんよ」

そう声をかけたが、喜鵲宮は長身の背筋をさらに伸ばし、目の前の光景のすべてを一望に収めようとしていた。

「これは、すごい……」

石と岩が点在する廃墟《はいきょ》のどのあたりに感嘆の声を上げているのか、白公主にはわからない。そもそもこの喜鵲宮という人はわからないことが多すぎる。

「ここは、八百年ほど前、当時このあたりで権勢を誇っていた部族の陵墓《りょうぼ》だった場所だ」

喜鵲宮は唐突に説明を始めた。

「かつての騎馬民族が、このような形式の陵墓を？」

騎馬民族は移動するので、特定の場所に代々の部族長の墓を置くということがほぼない。墓は基本的に個人のもので、盛り土に石を並べる形式が一般的だ。いずれ風化してその場所はわからなくなる。ただし、威国でも凌国との貿易のために本拠の場所がほぼ固定している蒼部族は代々の部族長とその家族を埋葬する陵墓を持っているという話を聞いたことがある。蒼部族の者しか場所を知らないので、白公主は実際に見たことがない。

「この部族は、高大民族の国との交流があって、その文化的影響を受けていた……ということの証拠なんだよ、この遺跡が」

八百年前。気が遠くなるほどの昔にも、騎馬民族と高大民族との間に交流があったのか。いつ途絶えて、反和平派が『高大民族とは有史以来の仇敵《きゅうてき》』と主張するほどの仲になってしまったのだろうか。喜鵲宮のような興奮はないが、当時を直接知る者のないほど昔の出来事に考えを巡らせる。喜鵲宮の言うとおりだ。目の前に戦いがない時間は、これまでとは違い、自然と何かを考えることが増えた。

「よくよく見ると、ただ真似《まね》をしているわけではないんだ。この部族に特有の形というのもちゃんと残っている。陵墓の多くは故人の死後の生活のために城を模した形を採用している。だから、当時の高大民族の国の陵墓は四角形の平面だが、ここでは……」

指さす先には、厚みのある八角形で上のほうが山形になっている盛り土がいくつか並んでいた。

「もしかして……幕舎ですか？」

「そうだよ。このこともすごく重要なんだ。一つには、この陵墓の形から、当時の権力者は高大民族の文化的影響を受けていたが、宮殿形式の建物でなく幕舎に住んでいたことがわかる。二つに、自分たち部族で陵墓造営の計画、設計を行なう技術を持っていたこともわかる。これは、部族なりの色付けができるほどに深いところまで高大民族の文化的影響が浸透していたともいえるんだ。そして、同時に高大民族の文化に染まりきることもなかった。決して真似事の国などではなかったんだ。ここは、そのことを八百年後の僕らに示しているんだよ。……素晴らしい」

朽ちた陵墓を見つめて目を輝かせるその横顔から、目を逸らせない。

ああ、まただ。また、この人は、これまでに会った誰とも違う顔を、言葉を、考え方を、自分に見せてくる。

「もっと近くで見てみよう。元都で聞いた話だと、文字が刻まれている陵墓があるらしいんだ。この遺跡に着いたら絶対にそれを見たくて。元都で話をしてくれた老師はわからない文字だと言っていた。当時の状況を考えるに、高大民族の文字を改造したものではないかと思うんだ。だから、もしかすると僕には何が書かれているかわかるかもしれない」

先ほどまでは馬上でまともな姿勢を保てなかった喜鵲宮が、長身に見合った長さのある脚で一気に幕舎を模した陵墓へと駆け寄っていく。

「これだけ動けるのに、なぜ……」

まともに馬に乗れず、戦うこともできないのだろうか。

馬を引きながら、慎重に喜鵲宮のあとを追った。同時に周囲をよく見ておく。

「砂岩地帯にあって、かなり開けた場所だ。陵墓を除けば遮蔽物《しゃへいぶつ》も少ない。……さて、仕掛けてくるだろうか」

この遺跡に向かったことは、ある程度人に知られている。なにせ、喜鵲宮本人が多くの人々の前で、この地、古北威の遺跡へ行きたいとの許可を首長に願い出たからだ。最終的に許可をもらったのは、国内東部の三か所の遺跡。最初に行った石窟宮殿遺跡が一番の難所だった。周囲を岩山に囲まれ、遺跡自体も石窟の名のとおり、岩山の中腹を削って造られている。遮蔽物が多いから、襲撃者に囲まれてもその姿が見えにくい。おまけに、草原と異なりどの方向にも道があるわけではないから退路の確保が難しい。

だが、そこでの襲撃は発生しなかった。もしかすると、仕掛けてくる側も、岩山に慣れていなかったのかもしれない。

岩山慣れしていない草原育ちだとすると、この陵墓の遺跡こそ、仕掛けようとする側から見て狙い目だ。

「白公主、こちらに！」

呼ばれて少し馬を急がせる。

「あったよ。……ここに文字が刻まれている。周囲の石とは色が少し違うから、石板をはめ込んだのかな。荷物に入れていた紙と刷毛《はけ》を。拓刷《たくず》りをする」

取り出した刷毛で石板に刻まれた文字周辺にたまった砂や塵《ちり》を取り除く、乱暴にやると文字の部分まで壊してしまうので、慎重に丁寧に行なう。そのあとにこのために喜鵲宮が絶対に持っていくのだと荷物にねじ込んだ紙を広げて、石板の上に置き、その凹凸をなぞることで文字を紙に写し取った。

皇子なのに驚くほど手慣れている。人にやらせるのではなく、幾度も自分の手でやってきたのだ。言うだけ、考えるだけではなく、自ら動いてきた人であることが、その所作でわかる。

「ああ、やっぱり、古い高大民族の文字に近いな。これなら読めるかもしれない」

並ぶ文字を眺めながら、喜鵲宮が別の紙になにかを書き付ける。相国の文字だろうか。形の定まらない線が入り乱れている。喜鵲宮は、文字までも、これまで見たことのないものを使うのか。正直、なにが書かれているのか、さっぱりわからない。

「……どうやら、この陵墓には夫婦が棺に納められているようだ。どちらかが詠んだと思われる詩が刻まれているよ」

石碑から写し取った文字の並びを示しながら、古い時代の詩の形式についても説明を加えてくれた。その上で、内容についても教えてくれる。

「情熱的だね。先に亡くなったほうへの想いが綴られている。片時も離れないと誓った相手が亡くなってしまったことが辛くて、苦しくて、早く再会したい……という内容だ。これは、元都に戻った時にでも姉上に話したら喜びそうだな」

「これに……そのようなことが？」

白公主は、陵墓の石板だから、埋葬されている人の偉業が刻まれているのだと思っていた。まさか、恋の詩がこんなにも堂々と刻み込まれているとは思わなかった。

「そうだよ。八百年前を生きた人々も、僕らと同じように誰かを愛し、離別《りべつ》に悲しみ、会えないことに苦しんでいたんだ。面白いでしょう？」

今回の『面白い』には、共感できたので、大きく頷いた。喜鵲宮の言うことに、こんな反応をしたのは初めてだった気がする。だからだろうか、喜鵲宮がパッと笑みを浮かべた。

「きっと、もう八百……いや、一千年後を生きる人々も同じだ。……その時に、その想いを抱《かか》えているのは君だけじゃないんだと残せるといいよね」

とても不思議なことを言う。歴史を知るだけでなく、後世に伝えるために歴史に思いを刻みたいということか。疑問に思い、白公主は尋ねてみた。

「喜鵲宮様は、遠い過去を知るために歴史を学ばれているのではないのですか？」

問われることになのか、問われた内容になのか、喜鵲宮が真摯《しんし》に答えてくれる。

「遠い過去になにがあったのか。それは、もちろん知りたいさ。でも、それが目的ではないな。僕は過去から続く人々の営みを学ぶことで、これからずっと先……それこそ一千年後を生きる人々の営みを想像したいんだよ。そして、そこへ繋《つな》ぐために、自分たちになにができるのか、も知りたい。それが歴史を学ぶ理由かな」

それが、彼が彼自身に課した役割。覚悟を持って歩むと決めた道なのだ。

「……わたくしは、あなたほどに強い方にお会いしたのは初めてです。あなたは、とても強い」

それがどんな強さでも、強いと思うことに価値がある。威国を生きる者にとって、強さの価値は絶対的なものだ。その強さを目の前にして、惹かれずにいられない。

陵墓を一望できる位置まで再び下がり、喜鵲宮は遺跡の状態を、新しい紙に記録していく。彼の書く字とは異なり、遺跡の配置図は非常に正確で見やすい。

「……喜鵲宮様は、絵に関しては筆が巧みでいらっしゃる」

さすが軍師向き。地図や建物図面は、戦場での作戦を考える上で非常に重要だ。

「言いたいことはわかるよ。僕の悪筆は、有名だからね。ただ、絵に関してなら何を描いても筆が巧みというわけではない。僕は人や動物を描くのが苦手だ。風景画や建物を描くには筆がそれなりに器用に動かせるのだけれど、それもただ正しく描くだけで、画家のような絵にはならない。長兄や翔央のようにはいかないね。……僕はどうも兄弟で一人だけ芸術方面に疎い。遺跡に歴史的価値は感じても、芸術的価値はわからないしね」

白公主の知らないことは、すべて知っている『全知の存在』かに思えた喜鵲宮だったが、彼にもわからないことはあるようだ。

なお、遺跡の芸術的価値がわからないのは、白公主も同じだ。

「……この遺跡に芸術的な価値があるんですか？」

改めて視線を巡らせてみても、遺跡のほとんどは、壁だったと思われる積まれた石が、草原から顔を覗かせているというだけのものだ。

「あるらしいよ。ただ、ここは陵墓だから、副葬品のことだけを指して、それを主張しているのかもしれないけどね」

喜鵲宮の言葉を聞きながら、白公主は引いていた手綱を握りなおした。

「……でも、たまたま同じ日に、なにかしらの価値を感じる人……それも我々を囲める程度の人数が、同じ遺跡を調査に訪れている可能性は低いですよね？」

周囲の気配を探りながら、白公主は喜鵲宮に確認した。

ここが、とても有名な遺跡だから、調査する者が殺到している……なんてこともあるかもしれない。

だが、喜鵲宮は、すぐに否定した。

「ないね。威国内には遺跡がいくつもある。たまたま同じ日に同じ遺跡の調査をしている人々と遭遇する可能性はきわめて低いよ」

確信するに至り、白公主は最小限の動きで、喜鵲宮に場を離れる支度を促す。

「馬が十数頭、皆騎乗しているようです。……二人乗りでは追いつかれます。喜鵲宮様、馬上へ。うまく走らせろとは言いません。走る馬から振り落とされることなく、しがみついていてください。あなたは、この遺跡から離れること、それだけに集中してください。道はわたくしが開きます」

相手の動きを感覚で把握しながら、白公主は馬につけていた荷物を一人分ずつに分ける。万が一はぐれても元都に戻ってもらわねばならない。そのための食料と水だ。

「喜鵲宮様の記憶力であれば、元都までの道も地図を見ずとも風景で、覚えていらっしゃるでしょう」

「僕なら出発直後の二日の行程を覚えていると？　……元都から東に向かった道を、単純に戻るだけだ。誰にだってできると思うけど？　単に西へ進むだけなんだから」

自分が正しく西へ進めていると、わかるか否かが一番の問題なのだ。

白公主だって、この遺跡に来るまで、ただ東に進んできたわけではない。要所要所で方角の目印となるものを確認しながら進んできた。その目印を喜鵲宮であれば憶えているはずだ。

「誰にでも可能ということは、喜鵲宮様もできるということですよね。安心いたしました。元都へ向かう道を後から追いかけます。わたくしの馬であれば必ず追いつきますので、馬の走りに任せて、全力でしがみついていてくださいね」

言い終えると同時に、白公主は小柄な身体で、長身の喜鵲宮を片腕に抱えると、馬上に放り投げた。

「行きなさい」

喜鵲宮を乗せた馬の尻を軽く叩いて命じる。周囲を警戒する視界の端に、走り出した馬に喜鵲宮がちゃんとしがみついているのを確認して、自身も騎乗した。

「こんな場所で仕掛けるとは浅はかな。……囲めばどうにかなると思ったのなら、甘く見られたものだ。その返礼もさせてもらおう！」

馬上で弓を構え、宣言とともに引き絞る。届くまいと高をくくっているのか逃げもしない的《まと》を目がけて、矢を放った。

■　五　■

白公主は戦いにおいて殿《しんがり》を務めたことが幾度もある。要領はそれと同じだ。逃がしたい味方に前を走らせ、自身は追ってくる敵兵を蹴散らせばいい。

遺跡を離れ、元都に近づくほど、こちらが有利になる。元都周辺は黒部族の本拠だ。黒部族の馬具をつけている馬が襲撃を受けていたら、見過ごすことなく、きっちり迎撃してくれるからだ。ただ、それは相手もわかっているはず。

「白公主、もうすぐ黒部族の本拠だ。逃げ切れそうってことで大丈夫？」

前を行く馬にしがみついていた喜鵲宮が叫んだ。

「周囲を見る余裕はあるようですね、良かったです」

白公主は少し速度を上げて、喜鵲宮を乗せて走る馬に並走する。

「見るだけで精いっぱいだ。……あと、ちっとも良くない。遺跡で仕掛けようとするなんて、ありえない！　どれだけ大事なものかわかってない！　遺跡は、どう手を尽くしても、本当の意味で二度とは手に入らないものなのに！」

やはり、この人が怒るのはそこか。自分を襲ってくることに対しては、おそらく予想できたことだから、面白味もなく、どうでもいいから憤りも感じないのだろう。

「……わたくし、わかってきたようです」

喜鵲宮様という人が。そこまでは口にせず、やや上空を見る。そんな白公主までは視界に入らないらしい。馬にしがみつく喜鵲宮が、さらに続ける。

「復元や再現は、復活ではないんだ。遠い過去、その時代を生きた人々にしか同じものは作れないんだぞ！　それを……たかだか数十年の権力を手に入れるためだけに破壊しようなんて、愚かすぎる。遠い過去や遠い未来……大局の読めないやつが国の頂点に立ったところで毒以外の何を残せるって言うんだ！」

考え方の尺度が常人と違いすぎる。これは、周囲から考え方がズレていると言われる自分をはるかに上回っている。ズレ程度では済まされない、相国においてもその考え方で周囲の人々と少しも重なるところないのではないか。

「……二度と場所を選ばずに仕掛けてくることがないよう、彼らに、よくよくわかってもらおうと思う。手伝ってくれるよね、白公主？」

ぼそぼそと話す冷静な声とは裏腹に、その表情は獰猛《どうもう》さを宿している。これでは、虎の威を借る狐でなく、虎と狐の両方をその身に飼っているかのようだ。話し合いでわかってもらうことは、初めから考えてなさそうだ。

もっとも、そのほうが白公主としては、理解しやすい話ではある。

「もちろんです。……わたくしは、あなたを護るためにここに居るのです。あなたの心を煩《わずら》わせる者たちを排除することに躊躇《ためら》いなどございません」

もう少しで黒部族の本拠に入ることは相手もわかっている。もし、自分が追う側であるならば、もう一度大きく動いて仕掛けるのは、黒部族の本拠に入る直前にする。どんな部族であれ、首長の部族に逆らえるほどの力はないからだ。

「喜鵲宮様。さきほど上空を黒太子様のハヤブサが旋回しておりました。黒太子様の部隊が近くまで来ています。おそらく本拠に入れば、すぐに黒太子様の手の者たちと合流できるはずです。ですから、このまま元都へ向かう道を進んでください」

黒太子本人は、宮城で首長の護衛をしていて動けないから、自身の部隊を派遣してくれたのだろう。さすが、準備はしておくと言ってくれただけのことはある。

白公主が、急旋回では馬の負担になるので速度を落とそうと手綱を握りなおしたところで、喜鵲宮に問われた。

「僕が黒部族の人たちと合流するとして、君は、どうするの？」

「足止めをします。黒部族の本拠地に武器を持った他部族が入れば、黒部族は……首長は対応せざるを得なくなります。それでは、慶事の妨害と変わりません。許しがたい話ですから」

その慶事の妨害も、相手の目的のうちならば、なおさら許すわけにはいかない。

白公主は、今度こそ馬の速度を落とし、馬首を巡らせる。

「では、行ってまいります」

再び馬の速度を上げる、だが、今度は草原の道で馬を大きく蛇行させて、追っ手を側面から斜めに横切りながら矢を放つ。連射で先頭列を蹴散らせば、動きのもつれを避けきれず、後続の馬も足を取られ、馬群が崩れる。それでも騎馬民族、馬群の隙間《すきま》を抜けて、なおも喜鵲宮の馬を追おうとする馬が数頭、視界の端に見えた。再び矢をつがえ、追っ手が騎乗する馬の前を、再度矢を放ちながら通り過ぎる。馬の足を狙ったことで、さらに追っ手が離脱する。ついには、先頭の馬だけになったところを、一気に詰め寄り、襲撃者から奪った槍を振り抜いて、乗り手を払い落とした。

「おのれ、国を裏切り、高大民族をとるのか、この『不用品』の公主め！」

馬の背から落とした男が、白公主を睨み上げて叫ぶ。

その言葉に、白公主が一瞬怯《ひる》んだのを見て、男はなにかを噛《か》んだ。毒だ。すぐさま馬を飛び降りて駆け寄ったが、男は短いうめき声をあげて仰向けに倒れると、すぐに動かなくなった。

「白公主！」

なぜか、喜鵲宮の声がした。振り返ると、騎乗した喜鵲宮が馬から落ちるよう降りて、その場に膝を折る。何の躊躇もなく喜鵲宮は絶命した男の口元に顔を寄せた。

「なぜ戻ったんですか？　それ以前に、どうやって馬を戻せたのですか？」

馬の背にしがみついていた人が、どうやって……。その疑問に対する答えが、あまりにも喜鵲宮だった。

「白公主が方向を変えるやり方を見て覚えたから真似ただけだ。威国の軍馬は優秀だな。馬首を巡らせて白公主のいるほうへと思ったら、馬がちゃんと白公主の馬を追いかけてくれたのだから」

訓練を受けた軍馬であったことが幸いしたが、もし自分の馬を追わなかったら、この人はどこに運ばれるつもりだったのだろうか。白公主は唖然《あぜん》としたが、今はそれ以上の追及を放棄した。

「それにしても、毒か。……口を割られないようにするということは、単なる盗賊ではなく、確実に僕を狙っていて、しかも雇っている誰かが居るということだね」

遺体を前に冷静に言って顔を上げると、喜鵲宮は男の身体を服の上から確認する。

「鉄鞭《てつべん》だ。……この装飾紐《ひも》の色を見て。この色は『黛』じゃないかな？」

鉄鞭には持ち手の部分に部族色と思しき装飾紐がついていた。手で握っていたと思われる部分は色褪《あ》せていたが、紐の先の房になった部分は色がはっきりしていた。

「本来序列二位にある部族が、首長の決定に逆らったということですか。……こんなものを残しては、毒を飲んだ意味がない。誤認のための罠《わな》では？」

白公主は、喜鵲宮の手元を覗き込み、装飾紐を確認する。

「男の手に鉄鞭を持たせた時、紐の色褪せている部分が手と一致する。……誤認を仕込んだにしては長時間過ぎるだろう。むしろ、この組み合わせは、黛部族の上のほうの者が、誤認だと訴えるためのものじゃないのかな。序列二位の部族がこんなあからさまな証拠を遺したりはしないだろうと皆が思うからね」

「そんな……」

黛部族は、序列二位。その序列位だからこそ首長の座を狙っていて、黒部族と裏で長年にわたり対立しており、和平反対派の中心にいる部族でもある。

黒太子があぶり出したかった『首長に敵対する存在』だ。納得もあるが、序列二位の地位にありながら、国を揺るがすようなことを本当にやったのかと、呆れを通り越して憤りを感じる。

「それにしても序列二位か……。和平反対派の中心部族自らが勝負をかけているということは……」

喜鵲宮は立ち上がると、指笛を辺りに響かせた。

「なにを？」

問いかけの答えは、応じる指笛でわかった。特徴的な音の高さと独特の節回し。

「……黒太子様の部隊を呼んだのですか？　合流はしたのですね」

「うん。……さて、非常に惜しまれるが遺跡巡りの予定変更だ。序列二位が自ら動くような大きな企みであれば、狙いが僕だけで済むわけがない。陵墓の遺跡には戻らず、このまま最速で元都に戻ろう、姉上の身が心配だ」

すぐに黒太子の部隊が、さきほど白公主が落馬させた襲撃者たちを、引きずりながら集まってきた。

「なぜ黒部族の者が、本拠の外に出てくる！　これは、部族間協定に対する重大な違反行為だ！」

面倒なことになった。これで部族間抗争になれば、結局慶事に傷がつく。この場に黒太子が居ない以上、部隊の指揮権は白公主にあり、回答も白公主の責務だ。彼らの主張を一《いっ》蹴《しゅう》するためになにか……。

思考を巡らせる白公主の横から、喜鵲宮が進み出た。

「君たちは勘違いをしている。僕は国賓だ。滞在中は、この国のどこであれ、この国に守られるべき存在だ。白公主殿は僕の護衛として弓を引き、黒太子殿の部隊は、襲撃されている僕を保護するために、君たちを捕えたんだ。部族間の対立は問題ではない。これは、国を単位とした問題なのだから」

ぼそぼそとした口調に、冷めきった表情。上に立つ者だけが持つ、圧を伴う鋭い視線。

『相国の者』を下に見ていた襲撃者たちも、手を出してはいけないものに手を出したことに気づいたようだ。怯んだ彼らが、状況を理解したと解釈して、喜鵲宮が黒太子の部隊の者に視線を移す。

「あとは任せる。我々は先に元都へ向かう」

彼らは、立礼で命令に従う旨を返す。自身の配下の者でなくとも、喜鵲宮には、他者を従わせる雰囲気があった。

「行こう、白公主」

喜鵲宮は、白公主を馬へと促す。ただ、言葉上は力強く促しているわけだが、実態は手綱を握る白公主にしがみついての出発で、強いんだか弱いんだかわかりにくい。

「一人でお戻りになったのは、貴方《あなた》が襲撃を受けているところを黒部族が確認してから介入したという体裁のためですか？」

馬を走らせて草原の道に出ると、白公主は背後の喜鵲宮に問いかけた。

「そういうこと。……おそらく彼らは、僕を捕えて本拠に連れて行ってから、姉上とまとめて処分するつもりだったんだろう。相国の姉弟が共謀して逃げようとした。和平の条件を破ったのは相国だと、そう主張するために」

答える声が馬上の振動で揺れている。馬首を巡らせることができたのに、馬上の姿勢を安定させることは、まだできないようだ。

「なぜ殺害でなく、拉致《らち》だと？」

「姉弟がそろって逃亡を図ったから殺害したのだと主張するためには、遺体に時差があっては不都合だからだよ。……白公主のいるところへ戻る時でも、彼らは僕を殺そうとしてこなかった。君が近くにいない僕なんて、簡単に殺せるはずなのにしなかった。生かして捕らえるのが目的なら、利用方法があるのだろうと思ってね。だから、それを逆に利用させてもらった」

黒部族の手を借りても部族間闘争に発展させないために、国賓という己の立場を利用したわけだ。

「本当に、貴方の武器は、その頭なのですね」

感嘆に呆れが混じっているのを感じたからだろうか、背後の声が不満げに返す。

「石頭と言われている気がする……」

そういうわけではないのだが。その拗《す》ねた口調に、つい笑いが漏れる。特に訂正するわけでもなく黙って馬を走らせていると、珍しく喜鵲宮から問われた。

「白公主？　……あの男、君に何か言ったの？」

唐突だ。それでも変わらず、ただ前を向き、馬を走らせた。

「いえ。なにも」

問われた以上は、短くも回答はしておく。

「なんでもない顔ではないね。……僕から追及はしない。でも、言えそうになったら……、いや、嫌なことを吐き出したくなったら言って。いつでも聞くよ」

ぼそぼそでも、ハキハキでもない口調。初めて耳にしたのに、なぜかすんなりと、胸の奥に落ちて溶ける。きっと、これがこの人の、あらゆる肩書や演技を取り払った素《す》の声だ。

強い人だ。あらゆる場面で先を見据えて、その場に最適な声で話し、行動できる人だ。

己の弱さを思い知らされる。

「……喜鵲宮様。黒部族の本拠に入りましたが元都の宮城までは、まだ距離があります。いち早く元都に戻るため、使う道は、わたくしにお任せいただけますか。……伝令用に乗り換える軍馬を駅に配置しています。一番近い駅に喜鵲宮様の馬を任せ、新たな一頭に二人乗りして、駅ごとに馬を乗り換えながら元都へ戻ります。先ほど貴方がおっしゃったように我々は、最速で元都に戻らねばなりません」

駅を使えば、蟠桃公主を狙う別動隊にどの道で移動しているかが伝わる可能性が高い。

それでも、喜鵲宮が言ったように『最速で元都に戻る』ほうが優先される。

「わかった。君に任せるよ」

この信頼に応えたい。そう思わせる何かがこの人にはある。

元都まで丸一日はかかるはずだった道のりを半分以下で戻った。襲撃の応戦で、やや時間を取られたこともあり、宮城に入ったのは成婚式前日の昼近くになっていた。本来、この日の夕方には戻るはずだったからか、宮城が慌ただしい。馬を宮城の馬丁に渡して、状況を確認しようとすると、頭上から声がかかった。

「喜鵲宮殿！　白公主！　戻ったか？」

相手を確かめるより早く、相手が宮城の二階から身体ごと降ってきて、膝もつかずに着地した。

「黒太子様！　はい、戻りました。……なにか、宮城内が騒がしいようですが？」

尋ねたのは白公主だったが、黒太子は喜鵲宮に状況の説明をした。

「一刻程前を最後に、蟠桃公主様のお姿が見えない。碧公主と遠駆けに出たようだという話もあるようだが、蟠桃公主様を宮城の外へ連れ出すのはもちろん、本人が宮城の外に出ることも、首長はお許しになっていない。すでに手の者を出しているが、まだどこからも報告は来ていない」

言葉を区切ってから、黒太子は視線を白公主のほうに移した。

「別途、蟠桃公主様は喜鵲宮殿と逃げた……などという話も出ていたが、白公主とお戻りということは事実とは異なるようだな」

喜鵲宮でなく白公主のほうを見たのは、そのような素振りがあったのかを確かめるためだろう。もちろん、そんなことはない。

「黒太子様。そのことで、少し内密なお話が」

黒太子には、襲撃を受けたことだけを部隊からの伝書で知らせているが、どこからか伝書の内容が漏れた時のことを考えて黛部族の関与が疑われることは報せていなかった。

「なるほど、黛部族か。……序列二位だ、下位の碧部族の公主を従わせるのは簡単だっただろうな」

黒太子が理解したと頷くと、それまで黙っていた喜鵲宮が口を開いた。

「おそらく、姉上と僕を自分の領内でまとめて処分した上で、『逃亡は相国の企み』という話に持っていって、和睦を白紙にすることを狙ったのでしょう」

ここまでは、白公主も聞いていた襲撃者の目的だったが、黒太子相手に喜鵲宮がさらに一歩踏み込んだ可能性を指摘する。

「さらには、和睦を主導した首長に責任を問うつもりだったのではないでしょうか」

「首長のというより黒部族の責任ということにして、次期首長候補から黒部族の太子を、俺を外させることが最終目的かもしれないな。そうなれば、黛太子は次期首長候補として、かなり有利になるから」

黒太子は瞬時に喜鵲宮の指摘を受け入れ、より具体的な最終目的を口にした。

「いずれにせよ、僕が戻ったことで、相手は姉だけでも確実に殺そうと躍起になるでしょう。……白公主。駅を使わずに元都を離れる道で、僕等が襲撃された遺跡から元都に向かう道と繋がる場所、且《か》つそこから相国へ向かう道も確保されているのは、どこになる？」

問われて白公主だけでなく、黒太子も考え出す。それを見た喜鵲宮が補足した。

「この企てを成功させるためには、相から来た姉弟が一緒にこの国から逃げようとしていたこと、相に向かう道に居たことから相国側も受け入れる態勢があったことを公にする必要がある。すでに僕を捕える企ては失敗したわけだけど、僕ら姉弟に対する企ては同時に進めていたはずだ。だから、姉を宮城から誘い出して向かうとしたら、黛部族の本拠の中でも、さっきの条件に合う場所だ」

喜鵲宮は、遺跡へ向かうために持っていた地図を、馬に括《くく》り付けていた荷物の中から取り出して、その場に拡げた。

「元都は国内に伸びるあらゆる道の起点となっている。黛部族の本拠に向かう道も一つではない。でも、三本ある道のすべてに捜索隊を向かわせることは、分散と時間の無駄になり、相手の狙い通りに事を運ばれる可能性が高いと思う。……黒太子殿、僕が姉上と逃げたと言っている者たちは、おそらく捜索の手を分散させる提案をするはずです。ですが、発見するのは彼ら自身にするでしょうから、一旦捜索の手を分けることに賛同して出発してから、あとを追うのが最善と思われます」

喜鵲宮が示す策は、無駄を削ぎ落とした簡潔な内容で、狙いも明確なものだった。

「ただし、その『あとを追う』相手が、どの方向へ向かっているかがわかった時点で、彼らの先回りができなければならない。追うときも、先回りするときも相手に悟られずに動ける者はいますか？」

黒太子が白公主を見た。白公主は多くの戦場で遊撃隊を率いて、敵を出し抜き、味方を援護してきた。

「可能です。……ですが、喜鵲宮様の御傍《おそば》を離れることになります。状況の不利を見て、相手が宮城に戻ってきた喜鵲宮様を害そうとする懸念が……」

もちろん、喜鵲宮の姉公主を助けたいし、自分であればそれが可能だという自負がある。だが、それには喜鵲宮の護衛を離れる必要がある。そこで喜鵲宮を狙われてはかなわない。

「白公主。僕は首長と今後について会談の場を設けてもらう。そこには首長の護衛である黒太子殿がいるから大丈夫だよ。……急務な上に危険なこの状況で申し訳ないが、君には姉上のところに行ってほしいんだ。この話は、僕一人が無事ではダメだ。姉上も無事に元都の宮城に戻ってこなければ、相手側の企みは、部分的であっても成功してしまう」

大きく頷いた白公主は、馬丁を呼び、遺跡への長距離移動には向かないからと宮城に残していた自身の愛馬を連れてくるように命じた。

「さて、喜鵲宮殿。白公主がお迎えにあがるのはいいが、蟠桃公主様はお戻りくださるだろうか？　目撃した者の話では、蟠桃公主様は自らの意志で碧公主についていったようだが？」

懸念の確認というほどのものではなかった。問いかける黒太子の口調は、問うた内容を本気にしていないのだ。ただ、当の本人である蟠桃公主が戻り、真相が明らかになるまでの間、威国側の者が喜鵲宮に幾度となく問いかけてくるだろうから、答えを用意させておこうという意図があるのではないだろうか。

「黒太子殿。我が姉は己の立場を十分に理解して、この国に嫁いだ。いざというときは、自身がどちらの国からも切り捨てられる存在だということも理解している。姉の覚悟を軽く見ないでいただきたい」

答えなどとっくに用意できているとばかりに、喜鵲宮が即答する。そして、威国側への回答に続き、黒太子と白公主を安心させるように笑みを浮かべる。

「まして、あの姉は、この手の悪巧みに慣れています。気づかないはずがない、なにせ数百冊分の危険な目に遭う事例とその対処方法を頭に入れていますから。……今頃は、どう元都に戻るか、いくつかの手を思い浮かべて行動しているはずです」

これには、黒太子が声を上げて笑った。

「失言だった、喜鵲宮殿だけでなく、蟠桃公主様にも謝罪を。……白公主、喜鵲宮殿がここまでおっしゃるのだ、企みに気がついた蟠桃公主様がすでに襲撃者の手から逃げて、元都に戻ろうとしていることも考えられる。喜鵲宮殿の黛部族追いつめ案とは別途の捜索を頼まれてほしい」

ちょうど馬丁が愛馬を連れてきた。白公主は姿勢を正して、目の前の二人に立礼する。

「はい。お戻りになる蟠桃公主様をお助けに参ります。……黒太子様、元都を離れます間、喜鵲宮様をお願いします」

言い終えると同時に愛馬に跨る。その背後で黒太子が呟いた。

「白公主が念押しとは、珍しい。……承ったよ。私の部下で白公主にもついていけそうな者を数名出す。おまえたちは、このまま白公主についていき、手伝いなさい」

階下に飛び降りた主を追って、宮城内から出てきた黒太子の護衛たちが、突如の命令に戸惑いながらも復唱する。

「白公主様の補助、畏まりました」

もはや言葉はいらない、白公主は黒太子の部下が、慌てて馬を用意するのを視界の端に入れつつ、先に走り出した。誰よりも早く、蟠桃公主を見つけ出すために。

■ 六 ■

すでに元都に向かっている可能性を考え、白公主は黛部族の本拠方向から元都に向かうにあたって、かかる時間よりももっともわかりやすい道を選択して、馬を走らせた。喜鵲宮とは異なり、元都到着後の蟠桃公主は、宮城から出ていないはずだ。従って、蟠桃公主に最短経路はわからない。彼女にとっての最短経路は、迷うことなく真っすぐに元都を目指せる道のはずだ。

そう考えて馬を走らせること一刻。できる限り視野を広く保ちながら進む白公主の視線の先に蒼が飛び込んできた。その鮮やかな蒼は、遠目から見てもすぐに蒼部族の装束だとわかった。蒼部族の本拠は威国の東、ここは威国でも西へと向かう道である。蒼部族の者がいることはほぼない。

もしかして……。白公主はさらに馬の速度を上げた。

相手がこちらの接近に気づき、鮮やかな手綱さばきで走らせていた馬を止める。

「ご無事でしたか、蟠桃公主様！」

声を掛け、馬の勢いはそのままで駆け寄ると、蟠桃公主が軽やかに馬を降り、白公主のほうへと駆け寄ってきた。

「ああ、白公主様！　あなたがおいでになったということは、叡明は無事ですね。……よかった」

自分の身の危うさに重ねて、弟の身に迫る危険も考えていたようだ。

「はい。黒太子様とご一緒に宮城に居られます、問題ございません。……ところで、そちらの馬は？　宮城の馬ではないようですが」

つけている鞍を見るに、蟠桃公主が乗っていた馬は、宮城の馬ではない。

「買いました。それもこんないい馬を買えたんです！　大変いい買い物ができたと思います。だって、耳飾りふたつで一頭鞍付ですよ！　すごくないですか、この国！」

連れ去られた先から逃げてきたとは思えぬ大興奮に、さすがは喜鵲宮の姉だと思ってしまった。速度を上げた白公主にようやく追いついた黒太子の部下たちが、困惑している。これは捉えようによっては、宮城の馬を乗り捨て、自身が購入した馬での逃亡を計画していたかのようにも聞こえる話だ。だが、明らかに元都に向かって馬を走らせていたので、その点は、少なくともこの場の者には誤解されずに済むだろう。

「元都に戻るのに、馬を徴収でなく、お買いになったのですか……。たしかに、いい馬です。蟠桃公主様は、良い目をお持ちです」

若干、黒太子の部下たちに聞かせるような言葉を選んでしまった。誰にどう聞かせて、それが聞いた者とその周辺にどう影響するかを考えて言葉を選ぶようになったのは、明らかに喜鵲宮の影響だろう。そんなことを考えていると、目の前の蟠桃公主が満面の笑みで、弟の影響を受けたことを語る。

「そのへん、弟たちに感謝です！」

嬉しそうなその表情に、つくづく姉弟仲の良さを感じる。

「馬を見る目が確かで、騎乗姿勢も美しい。……貴女は、本当に覚悟を持って、この国に嫁がれたのですね」

あの喜鵲宮が、馬術の練習に費やす時間を惜しんででも、威国語を学ぶための支援をしたのも理解できる。蟠桃公主は、この国で生きていくためになにをどうするべきなのか、ちゃんと考えて、行動したのだ。

「そうです。だから、簡単にやられて、戦争の火種になるとか冗談じゃないんです。わたしは、和平のために……再び戦争になることがないように、この国へ来たんですから」

しばし、馬を眺め考えていた白公主に、蟠桃公主が胸を張る。

「あ、それで、白公主様にご相談が……」

蟠桃公主は、宮城で碧公主に声を掛けられ、途中で進路変更があったこと、このまま元都に戻って、碧公主は大丈夫だろうかといった懸念を口にした。

「そうですか、碧公主に誘われて……」

碧部族か。そこは、黒太子の耳に入った話に相違なかったようだ。

話を聞いて白公主は考えた。碧部族は蒼部族より序列が上だ。蟠桃公主が誘いに乗らざるを得なかったのは理解できる。なにより、相から嫁ぎ、太子妃となる者として。部族の序列を理解していることを示す必要があったのだから、仕方がない。

いつの間にか宮城を出て、元都からも離れていたというあたりに、碧公主には明確な狙いがあったという蟠桃公主の考えに賛同する。問題は、碧公主の行為に、どの程度碧部族が関わっているかにある。碧公主個人の考えによる行動の可能性もある。

白公主は、碧公主が途中で方針転換したことを、蟠桃公主ほど好意的なことだとは考えてはいなかった。碧公主に多少の気持ちの変化があったとしても、元都に帰れる道を示してから姿を消したことには悪意を感じる。碧公主は相の公主である彼女が、本当に一人で元都まで帰れると思って、川岸に残していったのだろうか。一人では帰城できまいと踏んでいたなら、彼女のしたことは、消極的な蟠桃公主暗殺と変わらない。

碧公主の後ろに、蟠桃公主をよく思っていない者たちがいるとしても、宮城内での殺害を諦めて元都の外にまでも連れ出したのは、今回の蒼太子と蟠桃公主の婚姻が首長の主導であり、表だって首長に反抗して部族が潰されるのを恐れてのことではないだろうか。成婚式前日の行方不明は、蟠桃公主が逃げたと言いたいがための行為だと思われる。その先で、逃げ出すような者は、太子妃としてふさわしくないからこの婚姻は取りやめにすべきだと主張するつもりだったというのが、喜鵲宮の考えだった。諸々考え合わせると、蟠桃公主の言うとおり、このまま元都に戻ればそれで終わりとはいかないのではないか。蟠桃公主が逃げ出したのを、自分が連れ帰ったのだと思われては、企てた者の狙い通りになってしまう。もっと、考えねばならない。蟠桃公主への評価が失墜しない帰城の仕方はないものか。

もし、自分が喜鵲宮だとしたら、どんな効果的な反撃方法を思いつくだろう。

つい、そんなことを考えてしまう。

ダメだ。彼になろうとすることでは、彼の隣に並べない。示すべきは、自分自身であること、そこに価値があるのだから。

武人は武人としての思考を巡らせよう。長く遊撃隊を率いて、敵の裏をかいてきた。だからだろうか、直感が告げている。このまま彼女を保護してはいけない、と。

「……相手の狙いは、貴女が太子妃に相応しくないと示すことにあると思われます。そうであれば、答えは簡単です。……貴女が蒼太子の妃に相応しいのだと、誰もがわかる形で示せばいい」

言ってはみたものの、具体的な方法は思い浮かばない。なにせ、威国生まれの白公主は、太子妃に相応しいことを示す必要がない。公主である以上、いずれは、威首長に言われた誰かに嫁ぐことになるのは承知しているが、どこに嫁ぐことになっても相手からは文句が出ないほどの武人としての実績があるからだ。

なにをもって、太子妃に相応しいとするべきなのか。これは戦場で戦うのとは違う話だ。蟠桃公主の場合、示すべきは武力ではないだろう。だとしたら……。

考えていた白公主に、蟠桃公主が自ら導き出した答えを口にする。

「……白公主様、わたしが誰かの思惑通りになんてならないこと、見せてやります。ここから元都の街門、さらには宮城の蒼部族の幕営まで……蒼太子様のところまで、わたしは単騎で戻ります」

驚きに遅れて納得が来た。またも直感が告げる。蟠桃公主が言うとおりだと。彼女が太子妃に相応しいことを示すならば、見せるべきは武力ではなく覚悟なのだ。相の公主である蟠桃公主が、威国の太子妃として生き抜く覚悟を持っていることを示すことが重要だ。

黒太子につけてもらった黒部族の者たちも、蟠桃公主を見る目を輝かせている。この女性は、威国の太子妃に相応しい強さをちゃんと持っている。

「いいと思いますよ。堂々たる騎乗の姿は、この国で最も説得力のあるものです。……では、わたくしが碧公主のほうを任されましょう」

白公主は、蟠桃公主に賛意を表した。同意や推奨を示したというより、白公主自身が、騎乗する蟠桃公主を宮城の皆に見てほしいと思った。

相国から来た姉弟のすごさを、多くの人々に知ってほしい。彼らは、蔑みも憐れみも軽やかにはねのける強さがあるのだと。

そのまま元都へ向かう蟠桃公主を、本当に一人で行かせるわけにはいかないので、黒太子の部下から二人を、蟠桃公主の馬からは距離をあけて、周辺警戒をするように命じる。

ただし、蟠桃公主がたとえ落馬しても助けたりせずに、自身で立て直すのを見守るよう言い聞かせた。自力で戻ることに意味があるからだ。

「残りの者は、わたくしと一緒に黛部族の本拠に入ります。元都からの蟠桃公主様捜索隊を探しますよ。急ぎましょう」

蟠桃公主が言うように、碧公主が好意的方針転換をして、自らが身代わりとなったなら、元都から黛部族が出した『逃亡した相国の姉弟を捕えるための部隊』と合流する地点に向かったはずだ。最悪の場合、口止めと蟠桃公主の遺体の代わりになる者として、碧公主が殺害される可能性もある。さすがに公主が殺されては、碧部族も、序列関係なしに黛部族に対して、宣戦布告することだって考えられる。

ひとつでも取りこぼすと、そのたったひとつで、成婚式に影が差し、黒部族の足元が脅かされることにつながる。そう考えると、碧公主の元都帰城は確実に成し遂げねばならない。それにしても、こんな風に次々と手を繰り出してくるなど、多勢に無勢で圧倒する戦法をとる黛部族らしからぬことに思えるのだが……。

「裏に……もっと別の誰かが……軍師がついている？」

「白公主様、黛部族の捜索隊らしき者たちが見えます」

黒部族でも、もっとも目のいい者が、白公主の馬に並び報告した。白公主は頭を切り替えて、彼らの向かう先の予測に、悟られないように一定の距離を保ちながら先回りする。

彼らが向かった先には、黛部族の本拠の中でも大きめの駅がある。駅は、馬の乗り換えだけでなく、休憩所や宿泊施設の側面も持っている。いろいろな方面から集まった部隊が合流するには、都合のいい場所だろう。

「駅のどこかに碧公主が囚《とら》われている可能性がある。見つけた者は、ただちに、碧公主を保護して元都に向かえ。この場を制圧することなど考えなくていい」

指示を出し、蟠桃公主捜索隊が駅に到着する前に、捜索隊を装《よそお》って駅に入り、散開《さんかい》する。

白公主は、駅内での碧公主捜索を黒太子の部下に任せて、自身は真っすぐに駅の裏手にある厩《うまや》に向かった。乗換用の馬たちを表に出し、ここまで来るのに乗ってきた馬を厩に入れる。出した馬は、駅裏に広がる放牧地に放った。こうしておけば、たとえ蟠桃公主が元都に向かっていると知ったところで、ここまでに乗りつぶした馬しかなければ、追うことができまい。

そこまで仕掛けたところで、どこからか指笛が聞こえた。碧公主保護と離脱を知らせるものだ。これで駅内の黒太子の部隊の者たちは、黛部族とぶつからない道を選んで元都へ戻っていく。

だが、白公主は、あえて駅に向かってくる黛部族の部隊と正面からぶつかる道を選択した。相手が白公主の姿を視認するよりも早く、駅から拝借した槍を構えて駆け抜け、数騎を落馬させる。すぐに馬首を巡らせて、慌てている部隊の背後から、再び槍を振るった。

「貴様、白公主か！」

落馬し、道に転がった状態で自分を睨んでくる男の顔を見て、誰であるかに気づく。

「黛太子……」

部族の太子自ら、この企てに参加していようとは。嫌悪とともに納得する。逃亡者を自ら捕えて処分したという実績で次期首長候補としての優位を得ようとしたのだ。冷めた気持ちが顔に出ていたのだろう、立ち上がった黛太子が詰め寄ってきた。

「序列最下位の白部族の者の分際で、我々上の部族の者がすることを邪魔立てする気か！」

それでも馬上にある白公主のほうが視線は高い。白公主は、黛太子を見下ろした。

「上の部族の者なら、国益を鑑《かんが》みた行動を、お取りになったらいかがですか？」

見下ろされているのが、よほど不快なのか、黛太子はまだ落馬していない部族の者を引きずり下ろし、馬上に上がる。上背がある分、白公主より視線が高くなったことに満足したのか、黛太子は口の両端を釣り上げた。

「西方弱国に阿《おもね》ることの何が国益だ？　弱いくせに分不相応の国土を持っているから、分相応というものをわからせてやるのではないか、浅慮《せんりょ》な奴め！　そんなことだから、母親から『不用品』などと呼ばれて、捨てられるのだ！」

ある程度、知られている話だ。最強武人と称される白公主の唯一の弱点。本当の名前で呼ばれると、一瞬怯む、と。

でも、喜鵲宮が言ってくれた。『嫌なことを吐き出したくなったら言って。いつでも聞く』と、そう言ってくれたのだ。だから、もう言葉を飲み込む一瞬は要らない。

あの名前が、嫌いだ、不快だ、腹立たしい。要らないのなら、なぜ名などつけた。

口にすることなく飲み込んできた言葉。

それ以上に、不快で憤りを感じるのは、その名を口にすることで勝ち誇った顔をする者たちの、その表情だ。

「……部族から捨てられたのですから、白部族の序列がどれほど下位であろうと、わたくしには最初から……この名を与えられた時から、すでに関係ないではないですか？」

接近戦になるので槍はやめた。落馬して気絶している黛部族の者が馬上に残した剣を借りて構える。

「はんっ、おまえ如きに、俺が切れるものか。傷一つつけられるわけがない」

何も考えずに言い切るから、反論の口火を切る代わりとして、額に刃先で横一線を入れてやった。

「黛太子は、相国からいらしたご姉弟を殺害し、『国の命令に逆らったのだから、処分することはやむを得なかった』と主張するつもりだったのでしょう？　……国賓の護衛は、首長の御命令……ひいては、国の命令です。それを妨害したのだから、黛太子を処分することは、やむを得ないですよね？」

馬上で、黛太子が短い悲鳴と同時に飛び上がる。

次の瞬間、あろうことか、その場に自分の部族の部隊を置き去りにして、近場で逃げ込める駅に向かい全力で馬を走らせた。ついてくるように自分の部隊の者に声を掛けることさえしない。

興ざめという言葉の意味を初めて白公主は体感した。ため息交じりに、場に残された者たちの顔を見渡して、動くように促す。

「行きなさい。……今回の件に関しては、黛太子はもちろん、黛部族全体に、首長から処分が下されるでしょう。直近に慶事を控えているゆえ、わたくしがいますぐに潰すことはしない。ただそれだけだ」

落馬し気絶した者を、荷物のように手早く馬に載せて、黛部族の者たちが駅へと向かっていく。そこには、蟠桃公主はもちろん、身代わりになったと思われる碧公主もいない。それでも、逃げ込む場所としてそこしか思い浮かばなかったのだろう。

軍を率いる武人なら、犠牲者を出してでも、目撃者は処分する。白公主という目撃者を放置して去るとは、まだ甘く見られているのか、あるいは恐怖が勝ったか。

「どちらにしても、たいした覚悟もなしに、ずいぶんと大それたことを……」

黛部族には、部族ごと潰されるか、序列の下位に落とされるか、そのいずれかの処分が下るだろう。そうなってから嘆いても遅い。和平反対と叫ぶだけならともかく、首長の決めたことに逆らう行為に出た以上、そうなる覚悟をしてなければならなかったのだから。

己の決めた道を進む覚悟。その大切さを教えられた。だからこそわかるようになったことがある。黛太子は、周りに言われてやっただけで、自分で決めてなどいなかったのだ。覚悟をしていないとはそういうことだ。だから、簡単に逃げた。逃亡は処分に相当する行為だと、自分たちが主張するつもりだったくせに。

「まあ、もういい。今は慶事のほうが大事だ。急ぎ、元都の宮城へ戻らねば」

軍務の伝令が使う元都への最短経路を使えば、単騎で懸命に元都を目指しているだろう蟠桃公主よりも少しだけ早く宮城に戻れるはずだ。

「いよいよ明日は成婚式か」

呟いて気づく。明日の成婚式が終われば、喜鵲宮は付添人の役割を終えて、相へと帰国する。

「離れても、わたくしが飲み込んできた言葉を、聞いてくださるだろうか」

元都へ急ぎ戻る道は馬任せにした。自分が決めてしまうと、元都に着くのが遅くなってしまいそうな気がして。

明日が来るのが怖い。元都に戻るのが怖い。それは、あの人を見送る時が迫っていることを白公主に自覚させる。これは、自分の弱さだろうか。あるいは……。続きに飲み込んだのは、喜鵲宮にも言うことができない言葉の塊だった。それが、白公主の喉を、胸を詰まらせて痛んだ。

■　七　■

最短経路で戻った白公主は、首長への報告半ばで黒公主に引っ張られて、大広間をあとにした。連れて行かれたのは、宮城内の黒公主の私室である。

「碧公主……」

先客には碧公主が居た。白公主の声に顔を上げたが黒公主の『手を止めない』の声に、また下を向く。なにをしているかと思えば、分厚い布に刺繍を入れている。

「最後は白姉様だから。針と糸を準備してあるので、図案を考えていてくださいね」

よくよく見ると碧公主が刺繍を入れているのは外套だった。成婚式で太子妃になる花嫁に渡す外套で、刺繍で入っている色の部族から認められた存在であることを示すものでもある。

「先ほどハヤブサが報せてきたところだと、蟠桃公主様のお戻りまで、一刻とかからなそうなので、お急ぎくださいね。でも、いいかげんは駄目ですよ。太子妃の外套は、長くお使いになるものなので、見られても恥ずかしくない刺繍を入れてくださいね」

若干の脅しとともに針と糸が渡された。手に乗せられたそれらを見つめ、白公主は、まだ自身の弱点が残っていたことを思い出したのだった。剣を握り、槍を振り回すことには向いている白公主の手も、針を操ることばかりは、どうにも苦手なのである。

翌日の成婚式は、宮城の大広間で行なわれた。大広間の最奥には、首長と黒の第一夫人が、椅子を並べている。その前は中央をあけて、左右に各部族からの代表者の卓が並べてあり、祝宴の料理が卓上を埋め尽くしていた。

会場に入ってきた蟠桃公主……本日より蒼妃……は、元都入りした日に着ていた相国の婚礼衣装ではなく蒼部族の婚礼衣装を身にまとっていた。当たり前と言えば当たり前だが、蒼太子の着る蒼部族の花婿の装束と統一感があり、新婚の空気感がにじみ出ていた。それを眺める祝宴の参加者たちの目も、自然と優しく二人を見守るものになっていた。

ああ、新しい時代が来る。蔑みでなく、憐れみでなく、高大民族出身の太子妃を迎える人々の目が、それを示している。

「なんとか大役を果たせたみたいで、良かったよ」

喜鵲宮は国賓の席につくと、護衛として傍らに立った白公主に話しかけてきた。

「そちらが相国の正装ですか」

喜鵲宮は、ゆったりとした衣の左右を前で重ね合わせ、腰帯を巻いたものを着ていた。

「どちらかというと、学者の正装だね。……でも、実は、元都の気候に合わせて作らせたものだから、相国の学者の正装そのものではないのだけれどね」

この場において、喜鵲宮は相国皇子の正装でなく学者としての彼の正装を選んだわけだ。喜鵲宮らしい選択だと、なぜか嬉しくなる。

「元都の気候に合わせたものを、相国で作らせたのですか?」

「そうだよ。姉上が顔合わせで着ていた婚礼装束も本当は元都用に調整してあった。まあ、今日のために蒼部族のほうで用意してもらえたから不要になったのだけれどね」

白公主の目には、あの婚礼衣装を含めた高大民族の装束全体が、威国向けではない、動きにくそうで、防御力もなさそうな衣装に見えていたのだが、あれでも元都用だったとは。

「この成婚式のためだけに、そのようなご用意を?」

「うん。……今日という日は、両国にとって、とても大切な日だよ。姉上が、そのことにどれほど覚悟をしていても、緊張はするだろうと思ったから、少しの不快もない状態で過ごしていただきたかったんだ」

蒼妃は、ことあるごとに喜鵲宮を『可愛げのない弟』と言うが、この気遣いは十分に可愛げがあるのではないだろうか。

「でも、このほうがいい。……蒼部族の装束も、本拠で着るものから少し元都用に調整してあるようだから、快適だろう」

黒公主曰く、『蒼妃は、傍らに蒼太子が居れば、それだけで笑みがこぼれ出る顔の造りをしている』とのことなので、今の婚礼衣装の快・不快は表情からはわからない。

「着心地の悪い衣服をまとっていると、人は誰しも表情に不快さが出るよ。……人によっては、それをこの国に嫁ぐことへの不満と見るだろう。……だってさ、表情だけでは、なにが不快なのかまでは、誰にもわからないからね」

花嫁の表情をどう見られるかを考えて、元都用の衣装を用意してくるとは。喜鵲宮は、考えるだけで終わらせず、行動に反映することができる人だ。

「……君も着心地の良いと思える服を着たほうがいい。本当は、その白部族の正装を身にまとうのが嫌なんでしょう？」

指摘されて、思わず頬のあたりを指先で確認する。

「……申し訳ございません。祝意がないように見えていたでしょうか？」

喜鵲宮が首を横に振る。

「大丈夫だよ。いい意味で、今日の主役は君ではないから、視線が集まることはない。こうして僕と話していることで、多少視線が集まってはいるけど……、君は僕の扱いにすっかり慣れたから、寛容に接してくれている。このやり取りを見て、君が相国に対して不満を抱えているような印象は受けないだろう」

思わず周囲の視線を探ってしまう。

「警戒する必要はないよ。この場で僕に向けられるどの視線も好意的だ。白公主、君は君が思う以上に、周囲への影響力があるんだよ。……君が僕をしっかりと護衛してくれたことで、周囲も僕の存在を認めてくれたんだ。ありがとう」

白公主は首を傾げた。正直、喜鵲宮には助けられてばかりだと思っている。感謝を述べるべきは、白公主のほうであって、喜鵲宮のほうではないと思うのだ。国賓であるご自身と姉公主の身に起きたことを、威国の政治的安定のために、かなりなかったことにしてもらっているのだから。それなのに、自分が礼を言われるなんて……。

「それは……どういう意味でしょうか？」

「君が護衛するに値する人物として扱ってもらえたんだ……と言っても、君にはわからないかもね。君にとっては、ごく当たり前のように任務を遂行しただけだから」

今回、自分は『当たり前のように任務を遂行した』だろうか。剣を握れるようになってから、たくさんの任務をこなしてきたが……。

「……でも、わたくしにとって、あなたは『これまでに』ないことばかりの人でした」

とても当たり前のように任務をこなした気がしない。白公主は、つい笑ってしまう。

「……ああ、たしかに色々とご迷惑をおかけしたね。大いに反省しているよ」

もっともらしく頷いて見せてから、喜鵲宮も笑い出す。


祝宴の席の端で笑い合う二人を、玉座の首長はチロチロと見ていた。

「うーん、悪くないかもしれんなぁ……」

首長が小さく呟くのが聞こえたのは、護衛としてその傍らに立つ黒太子だけだった。

「喜鵲宮殿の今後次第では？　さすがに、ただの第三皇子に、我が国最強の武人を嫁がせるわけにはいかないでしょう。まして、相国は貴族を形成しないとも聞いております。皇帝とその家族だけが皇族の扱いを受け、皇帝が即位すれば、その兄弟は一介の官吏になる、と。……皇子どころか一臣民ですよ。官吏の妻に収まるには、白公主は大器すぎます。叛意を疑われかねない。ひいては、嫁がせた威国側も痛くもない腹を探られることになりますよ」

黒太子の意見に首長は同意を示した。

「たしかに、喜鵲宮の今後次第だな。だが、いまの話で行くと、喜鵲宮が玉座に昇らねば、白公主は嫁ぎ損ねるな」

公主の嫁ぎ先は、昔から首長が決めることになっている。当代の首長は、部族の力関係だけでなく、二人を並べた時に相性がよさそうに見えるかも加味して決めていた。だが、白公主の嫁ぎ先は長く決められずにいた。出身部族の枠から外れてしまっているので、部族間の力関係では決められない。その上、白公主が武人として桁違いに強いので、どの太子と並ぶのを想像しても、反発するか支配的になるかのどちらかの姿しか浮かばず、夫妻として相性がよさそうな相手がいないのだ。

至誠をついてみるか……。不穏な言葉を口にした首長の傍ら、黒太子は何も聞こえていない顔をしていた。

成婚式は昼から始まり、夜になっても祝宴に形を変えて続いていた。

首長は成婚式の報告の手紙を相皇帝に書くとかで、早々に部屋に戻った。それを見送った白公主は、会場から少し外れた場所で夜空を眺めている喜鵲宮を見つけ、声を掛けた。

「喜鵲宮様。御一人で会場の外に出ていらっしゃるのは、危ないですよ」

少し酔っているのか、喜鵲宮は無防備な笑顔で白公主を手招きする。

「大丈夫だよ。和平反対派の目論見は外れた。成婚式は無事に終わり、姉上は正式に蒼妃になった。姉上のまとった外套から、多くの部族の女性が後ろ盾に立っていることを示せている。今更なにか企てたところで『時すでに遅し』というやつだ」

楽しげに手にしていた酒器を傾けようとするので、白公主はそれを素早く回収した。

「これ以上はお飲みにならないほうがいいですよ。明日の朝には、ご帰国ですよね。また、寝過ごして出立時間に遅れるとかダメですからね」

遺跡巡りの初日を思い出して、釘《くぎ》を刺しておく。

「大丈夫だよ、僕ら双子は酒に弱くはない。なにがあってもちゃんと起きて、明日には帰国する。……白公主と居るからかな、翔央の顔が見たくなった。同じ顔なのに、ね」

同じ武人だから連想するのだろうか。そう思って首を傾げると、想像とは方向性の違うことを言われた。

「君は、僕をごくごく普通の人として接してくれる。子ども相手のように叱ってくれるんだ。相でもなかなかいない逸材だよ」

褒められているのか否か、よくわからない。見た目以上に、酔っているのではあるまいか。白公主は、喜鵲宮の酒器を空にすると、携行している水筒から水を注いで渡した。

素直に受け取った喜鵲宮は、水を飲み干すと、再び夜空を見る。よくよく考えると、彼が見ているのは南西の空。遠くとも同じ空の下には相国の都・栄秋がある。

「……僕は幼い頃から、周囲の人々と違うことに自覚があったよ。それは、周囲にとっても同じことで、僕はいつだって『すでに理解しているのだから、何か言う必要のない者』だった。結果として、日常生活を送るのに支障をきたしていても、誰も何も言わないで放置されてきた。姉上も嫁いだし、いまの相で僕に物事の常識を諭そうとするのは、片割れである翔央と……太監の白染《はくせん》くらいか。本当に子供だった頃は、もう少し居たんだけど、取り上げられちゃったんだよね」

心だけ先に帰ってしまいそうな彼を引き止めたくなったのかもしれない。白公主は、滅多に話すことのない幼い日のことを口にした。

「……わたくしも、幼い頃に、自分は周囲の人々と違うのだと気づきました。冬の初めに生まれたのですが、次の春を待たず、黒の第一夫人のもとに預けられ、元都の宮城で育ちました。物心つくころには、それがまずほかの公主とは違うのだと知りました。ほぼ同時に、身体の造りもほかの公主とは違うのだと理解しました。一人で馬に乗るのも、剣を握るのも、同年代の太子や公主の中で一番早かった。……それが、良いことではないのだと知ったのも、同じ頃でしたね。わたくしは、ほぼ同時期に、たくさんのことを知ってしまった。自分の母親から『不用品』として捨てられたことも」

誰よりも強く生まれた。でも、公主は部族の中で育てられるのが当たり前の威国で、白公主はその部族から必要とされなかった。

「ねえ、白公主。要らないというなら、もうそれでいいんじゃないかな？　……君から切り捨ててやればいい」

喜鵲宮の目は、もう南西の空を見ていなかった。まっすぐに白公主の目を見ていた。

「わたくしから、切り捨てるって……」

すでに白部族との関係は断絶している。あの名前で呼ばれたくないから、部族の名を冠した白公主という呼び名を使わせてもらってはいるが、自分と部族の間に残されたつながりは、その程度だ。

「……よし。僕が君の新しい名前を考えよう。これからはそれを名乗るんだ。元の名前を口にするような者には、にっこり笑って、名前を間違うなんて失礼な上に物覚えが悪いですねって言ってやればいい」

かつてこれほど皮肉をすらすらと言う人がいただろうか。本当にこの人の発想は、ほかの人々と違いすぎる。いったい、この思考の持ち主がつける名前とは、どんなものだろう。

白公主は急かすことなく名前を考える喜鵲宮の顔を眺めていた。これほどの頭脳の持ち主が、自分の名前のことで、こんなに考える顔をしてくれるだけでも光栄に思えた。

「そうだ。冬来《とうらい》というのは、どうだろうか？　さっき冬の初めの頃に生まれたと言っていた。冬とともに来た……というものだ」

あまりにそのままな命名ではないか。だが、それで思い出す。喜鵲宮は、自分でも芸術的感性は持ち合わせていないと言っていた。

そのままではあるが、冬来は、とても耳心地がいい名前だ。高大民族の言葉で、時期や機運の訪れを意味する『到来《とうらい》』と同じ音なのもいい。まるで、誰かが自分のことを心待ちにしてくれているかのように思える。

「ありがとうございます。これからは、喜鵲宮様にいただいた名前を名乗るようにいたします」

「……冬来。叡明だ。僕の名前は郭叡明だよ。これからは、喜鵲宮なんて呼ばなくていい」

ぼそぼそでも、ハキハキでもない口調で、そう教えられた。

「いえ……そういうわけには。……明日のご出立までは、貴方の護衛ですので」

そこの線引きは重要だ。でも、郭叡明の名は覚えておこう。

「あれ……、でも、すでに姉上の護衛になったのでは？」

蒼太子が、蒼妃になる前の国賓状態で、女性の護衛を付けてほしいと首長に願い出たことで、白公主がその護衛役を拝命した。

「兼任です。最後まで任務を全うしたく、先ほどお部屋にお戻りになる首長にお声掛けして願い出ました。……明日までのことですから、兼任でも問題はないだろうと、その場でご許可をいただいております」

黒太子が明日までの短期間に誰かほかの者を付けるより、兼任でいいだろうと後押ししてくれた。蒼妃が、蒼太子の傍らを離れないので（ただし、逆も離れようとしていないという話がある）、蒼太子の側仕え（という名の護衛）である曹真永が、二人まとめて護ってくれるから、危ないことはないはずだ。

「そうか。明日まで、か……。予想外に長い滞在になったはずなのに、振り返るとあっという間だった。まだ見に行っていない遺跡がたくさんあるって言うのに」

今度は南西ではなく、東の方向に視線を向ける。陵墓の遺跡では、襲撃を受けて慌ただしく遺跡を離れた。もっとゆっくり見たかったのかもしれない。とはいえ、成婚式に間に合わなくなるので、いずれにしてもゆっくりはできなかっただろう。

「また、我が国にいらっしゃればいいのでは？　遺跡巡りにはお供しますよ。その期間だけ、蒼妃様の護衛を真永殿にお任せして」

表向きは側仕えということで、曹真永は料理をよくする。遺跡巡りのついでに元都では手に入れにくい食材などをまとめて贈ることを条件にお願いすれば、護衛の一週間や十日ぐらい喜んで引き受けてくれるのではないだろうか。

「魅力的な話ではあるね。……とはいえ、今回の件で姉上の問題は決着した。僕の長期的目標ひとつが達成されたんだ。だから、次の目標達成のため、本格的に動き出さないと」

　呟いた喜鵲宮が、自身の足元に視線を落とす。

「喜鵲宮様の道は、どこへ向かっているのですか？」

　問いかければ、彼は少し考えてから、密やかな声で答えてくれた。

「僕の人生目標はね、弟を……翔央を玉座に就けることなんだ」

　なかなか聞かないような目標だった。

「ご自身でなく、弟宮を皇帝に？」

　確認しても、喜鵲宮の弟を皇帝にする目標に変わりはなかった。

「そう。……歴史を学んでいると、稀に『ああ、この人はこの偉業を成し遂げるために生まれたんだ』と確信する人物がいる。それでいくと、翔央は皇帝になる人間なんだよ。ただ、僕が言うだけだと周囲どころか当の本人からも冗談か兄馬鹿にしか思われないから、誰にも言ったことはないけどね」

　そんな大事なことを聞かされては、また、喉と胸に詰まった言葉を意識してしまうではないか。

「でも、僕は本気でそう思っている。……おそらく五年から十年以内に、大陸のどの国も大きな転換期を迎えることになる。その時、相国が生き残る道は、翔央を皇帝に戴いていることだ。正直言えば、僕自身は相国が滅んでも別にかまわないんだけど、皇帝になる翔央には国が必要だからね。翔央が玉座に就く日のために、すでにいくつかの策を仕掛けて、人や物を動かし始めている。翔央の周囲を固める人材も徐々に集まってきているから、来《きた》るべき時に、なんとか間に合うだろう」

この人は本当に、言うだけ、考えるだけで済まない、行動を起こす人だ。

この人が動くなら、その目標はきっと達成されると思う。だから、そのあとのことを聞いてみた。

「……弟宮様が玉座に就いたら、そのあとはどうなさるのですか？」

「そうだね、無事目標を達成したら、そのあとはもう僕にとっては『老後』のようなものだ。思う存分に遺跡巡りしようかな。威国と言わず、大陸中の遺跡を、この目で見たい。遺跡の今を観察し、遠い過去に思考を巡らせ、遥か未来を想像して過ごすんだ」

喜鵲宮にとっては、その老後の過ごし方こそが本当にやりたいことであり、自分の道を生きることなのではないだろうか。

「わたくしもご一緒してもいいですか。……時を超えて、誰かの心に触れたあの感覚が忘れられないんです」

陵墓の碑に刻まれていたのは、個人の偉業ではなく、恋詩だった。八百年経っても残る想いに、胸が熱くなった。あんな経験は、初めてだったから、もう一度感じてみたい。

「それは、嬉しいね。……じゃあ、僕が死んだら、冬来を迎えに行くよ」

未来の希望を一転させる言葉に、思わず聞き返した。

「……死……って？」

喜鵲宮は、先ほどと同じく密やかな声で教えてくれる。

「翔央のことだ、僕が生きているうちは玉座に近づこうとも思わないだろう。だから、頃合いを見定めて、僕はこの世から消えると以前から決めている」

白公主もまた、声を潜めて尋ねた。

「頃合い、というのは？」

喜鵲宮は、聞かれることを予測していたのか、すぐに回答した。

「翔央が確実に玉座に座るように、周囲の状況も整えておかないといけないのでね。だから、いつになるかは、まだ断言できないかな。なにせ、命の使いどころだ、これぞ最高の機と判断するまで、としか言いようがない。いずれにしても、僕が死ぬときは僕自身で決める。だから、冬来も気長に待っていてくれ……」

そこまで言葉を区切ると、喜鵲宮は、急に考え始めた。冬来という名を決めるよりは早く、彼の頭の中で、なにかの計算が成立したらしい。

「いや……そうだね。もし、冬来が隣に居てくれるなら、思いつく限りの策を弄《ろう》するのも悪くはないかな」

なんのことだろうか。思考時間を終えた喜鵲宮の顔を見る。長身の喜鵲宮を覗き込むように見上げれば、彼が唐突に白公主の手を取った。

「僕は君を必要としている。……この国が君を『要らない』というのなら、僕のところに来てくれるかい？　いや、この国が今更のように君を必要だと言い出しても、僕の隣を選んでくれる？」

これは、もしや告白というものだろうか。慌てふためく白公主に、喜鵲宮が畳み掛けてくる。

「少し回りくどい手にはなるけど、確実に君を僕の隣に呼べる方法がいくつか思い浮かんでいる。……僕は元来とても諦めの悪い人間なんだ。これと決めた目標は、なにがなんでも必ず達成する。ありとあらゆる手を使って、ね。だから、待っていて。僕が、必ず君を迎えに行くから」

ほかの人が相手であったなら、そんな曖昧《あいまい》な物言いは信頼できないというところだが、このズレた感じにも慣れてしまった。

「……必ず迎えに来てくださいね。約束ですよ、喜鵲宮様」

確認のために手を出せば、応じた喜鵲宮の手が重なった。

「ああ。たしかに約束したよ、冬来」

その笑みに、彼の第二の目標達成を助けることが、白公主の目標になった。その先にある、遺跡巡りは、二人の目標だ。

■　八　■

蟠桃公主が蒼妃になって約二年。冬来は、相国の東北部、威との国境近くの道で、剣を手に辺りを見回していた。

「腕が落ちただろうか……」

返り血を浴び過ぎた。威国から着てきた婚礼装束は、もう使えそうにない。威国内なら、返り血浴びた服装で馬を走らせていても、あまり問題にはならないが、相国内では、そうはいかないだろう。

「衣装の調達からになるが、それをするにしても、これでは……」

すでに衣装調達も難しいほど、どこもかしこも血の色に染まった状態にある。

「どこかの川で、せめて血を洗い流すか」

その間に、誰かに目撃されて騒ぎにならなければいいが……。

相国が代替わりした。新皇帝に就いたのは郭叡明だと、首長から言われた。

「だから、白公主よ。相国に嫁いでくれまいか？」

蒼妃の時がそうであったように、威国内は大いに揉めた。

だが、どれほど揉めたところで、首長の決定は絶対である。

そうして、冬来は相国へと送り出されて、国境を越えるところで、威国内の和平反対派の襲撃を受けて応戦しながら、山の中を進み国境を越えた。

そこに待っていたのは、今度は相国内の和平反対派だった。冬来の武人としての技量を正しく知っている威国側の襲撃者のほうが、腰が引けていて、返り血を浴びる距離以上に離れたところから、冬来を襲ったぐらいに徹底して近づいてこなかった。逆に、冬来のことをよくわかっていない相国側の襲撃者は、女相手だからと無遠慮に距離を詰めてくるので、どうにも返り血を浴びてしまうのだ。

「さて、どうするか」

どのようにして叡明に、この状況を伝えればいいのか。考えようとしてすぐに、人が一人、冬来の目の前に跳び出てきた。

「久しぶりだ、冬来。約束どおり、君を迎えに来たよ」

この状況を見て、冷静に挨拶するあたり本物の叡明に間違いなさそうだ。

「……そうですね、叡明様。御変わりなく」

叡明の右眉がくいっと上がる。

「変わっただろう？　この僕が、一人で馬に乗って、都からはるか北東の威国との国境線までたどり着いたんだよ？」

言われて気づく、叡明は騎乗していた。誰の後ろにしがみついているわけでもない。

「はっ！　たしかに御変わりになりました。以前の叡明様であれば、とっくに落馬して、野垂れ死にした上、土に還っていらっしゃったはず。まだ残兵もいるはずなのにご無事なわけが……よもや、幽霊……？」

驚きすぎて、そんな言葉しか出てこない。幽霊は冗談だったが、叡明はそれをきっちり拾って返してきた。

「幽霊ならわざわざ馬に乗って現れたりしないね、僕なら」

もっともだ。いまだって、馬に一人で乗れてはいるが、落とされまいと、かなり身体を緊張させている。

「なるほど。……やはり、叡明様はお変わりないようで、嬉しく存じます」

返り血に染まった婚礼装束を人目から隠すように、叡明が自身の着ていた外套を肩から掛けてくれる。

「冬来もあの日の約束どおり、これからは僕の隣に居てくれるかい？」

近くなった距離を実感して、冬来は大きく頷いた。

叡明とこの国を生き、死んでいく覚悟はできている。

「はい。……いついかなるときも、御身の傍らに」

栄秋に残された叡明の双子の弟・翔央と、彼が巻き込んだ女性官吏・陶蓮珠とが、西王母像の前で偽りの誓いを立てようとしているのとほぼ同じ頃、本物の相国今上帝・郭叡明が、威国公主を妻に迎え、人知れず本物の威妃も誕生した。

第四話

双宿双飛

〔そうしゅくそうひ〕

■一■

華王が代替わりして、それなりに時が経った。だが、そのことは、先頃十二歳になった榴《りゅう》花《か》の日常に何の影響も与えなかった。先王も新王も、自分になんら関心がないという点で、榴花にとっては、代替わりなどないのと同じことだったから。

華国先王の最後の公主である榴花が生まれ育った離宮『榴花庭園』は、榴花公主の名に由来するものではない。むしろ逆だ。榴花庭園を与えられたから榴花公主と呼ばれるようになった。太子も公主も根絶やしにした新王が、唯一生かしておいた公主。それは、名誉でも何でもない。生まれてからずっと宮城でなく離宮で暮らす公主のことなど、誰も思い出さなかっただけだ。なにせ、離宮というものの、単なる庭園を眺めるためだけに建てられたごく小さな屋敷でしかない。誰もがその存在を忘れていたのだ。そんな粛清にも値しない幼く力ない公主だったから、そのまま離宮に放置されてきた。名ばかりの公主と蔑まれるたびに、その名すら、ほんとうはないのに……と自虐の笑みを浮かべる。

皇城には、本当の意味での名ばかりの公主や妃がいるらしい。先王を嫌った当代の華王がお飾りとして傍系の貴族たちを皇城に入れた。噂《うわさ》では、傍系のとある女性に執着していたからだというが、詳しいことはわからない。見放された離宮にまで聞こえてくる話は、ほとんどない。ここは、王都にあって、もっとも政《まつりごと》から隔絶された場所だから。

誰からも見えないかのように扱われてきた榴花をまっすぐと見つめる視線に出逢ったのも、この十二歳の頃だった。

その日の昼、少ない食事から我慢して、桃の実を一つ懐に入れた。榴花以外に誰も来ない裏庭の片隅に埋めて、実りを待とうと思って。だが、その実を食べている小さな人影を見つけてしまった。

「なんてことするの！　食べるのを我慢してとっておいたのよ！」

叫んで、食べるのをやめさせたが、桃の実はすでに半分以上食べられていた。

「植えたら来年には、木にたくさんの実が生《な》るはずだったのに！」

嘆いた榴花に、小さな人影が言った。

「あの……種が残っていれば、大丈夫では？」

小さな人影の口調は落ち着いていたが、その声は少し震えていた。

「そうなの？」

この時、初めて桃の実でなく、それを手にした小さな人影のほうに視線を向けた。

年頃は榴花とあまり変わらない子どもだった。どこからか入り込んだ路上生活をする孤児だろう。いまの永夏《えいか》には多いと話には聞いている。ただ、それにしては着ているものが良すぎる気がした。庶民は、豪商の娘でもない限り着るものには麻しか使わないはずだ。それを、この子どもは薄絹を重ね、装飾品もだいぶいいものを身に付けている。何日か着たままなのか、せっかくの絹が薄汚れ、引っ掛けてあいたと思われる小さな穴や裂けた筋があった。

もしや、誘拐されて逃げてきたのだろうか。

「これからは、あるだけの桃を食べられるわ」

逃げてきたのならば、帰る場所がある。いくら忘れられた公主の住む離宮であろうと、庶民が許可なく離宮に入ることは、本来であれば子どもであろうとも罪を問われる。大声で衛兵を呼ぶべきだろうが、榴花は逆に小声で言った。

「いいことを教えてくれたから、お前がこの屋敷の庭に居たことは見なかったことにしてあげる。……誰かに見られないうちに。早く家に帰りなさい」

桃の実を食べたことも不問とするため、その手から桃を取り、背を向けた。

ところが、離れようとした榴花の背に、嗚咽《おえつ》交じりの声が届く。

「家は……もう……ありません」

帰る場所は、もうないから、ここに置いてほしいと言う。訴えかける声や話し方で気づく。この子どもは、着ている衣装は女物だが、男の子だった。

孤児の増えた永夏では、男児女児を問わず、見目のいい子どもを着飾らせて、そういう子どもを愛でる趣味を持つ大人に売り飛ばすのだと聞いている。それだけじゃない。口減らしのために、親が子を売ることもあると。

このまま、ここを追い出したなら、この子も……。

いないことにされた子ども。自分と同じだ。榴花は、その少年を振り返った。

「ここに居ればいいわ。空いている部屋ならたくさんあるから」

誰も来ない、誰もが見えないふりをする公主の小さな庭園。それならば、いっそのこと変えてしまえばいい。

「一緒に実のなる木を育てましょう」

出逢いの初めから、庭を造ろうと誘った。自分の意志で、誰かといようと思ったのは、この少年……朱景《しゅけい》が初めてで、そして、今のところ二人目の誰かは現れていない。

■　二　■

相国宮城内を騒がせた宮妃《きゅうひ》問題が決着した。春節《しゅんせつ》直前に相国に押しかけた華国の使節団は、実質的に、相国から逃げ帰ることとなった。

その出立前夜、相国に居座っている威国の公主が榴花を訪ねてきた。ただし、部屋の窓から。

「単刀直入に聞くけど、あなたたち二人、このまま華国に帰って問題ないの？」

明朝には栄秋を発《た》つというのに、不穏なことを尋ねてくるものだ。高大民族にありがちな遠回しにしないところも、いかにも威国の公主である。

「大ありだと思います。……最低でも、わたくしと朱景は引き離されるでしょう」

身についた遠回しな言い方になってしまう。『最低でも』と言いつつ、それは榴花にとって『最低そのもの』だった。華国帰国後に引き離されれば、もうお互いに、どんな目に遭ったとしてもわからない。陶蓮珠に頼んで、相国に朱景を任せるのとは次元が違うのだ。帰国したとしても、遠からず華王の命令で、逆臣として家門を潰された朱家《しゅけ》の生き残りである朱景は処分されてしまうだろう。どうせ処分されるならば、二人一緒がいい。でも、あの華王のことだ、どちらにも『相手は生きている』と言って、希望を持たせる。いずれ、華王にとって、もっとも楽しいと思う機会に絶望を与えるために。

それが解っていたとしても、華王の気まぐれに期待してしまうこともわかっている。

「榴花公主様……」

朱景も声を沈ませている。榴花だけでなく、朱景もまた華王の前に出れば自分が無事では済まないことを理解しているのだ。

「そう。……なら、うちにくる？」

ちょっと遊びにいらっしゃい程度の軽い口調で、そう提案された。

「……それって、威国に……亡命するというお話ですよね？」

朱景が慎重な声で威公主に確かめた。

「ええ、そうよ。華国に戻りたくないんでしょう？」

威公主の問いに、榴花は頷く。あの華王から解放される唯一の光明《こうみょう》に、榴花は躊躇《ちゅうちょ》なく飛びついた。

「……わたくしには、まだ利用価値があるから生かせという者はいるでしょう。でも、朱景は、いずれ確実に処刑される。朱景と共に生きていける場所であるならば、そこが広い大陸のどこであれ、わたくしにとっては価値のある場所です。……華国の者たちが、価値があるかを基準に物事を決めるなら、わたくしだって、わたくしにとって価値のない場所になんていたいとは思いません！」

榴花は、遠回しな表現を排して自身の意志を威公主に示した。今更、誰の前であっても、朱景を失いたくない想いを隠すことはしない。相皇帝の御前でも、それを公言したくらいだ。この期に及んで恥じらったり、口ごもったりもしない。

「いいじゃない！　他国の玉座の前で小芝居してみせただけあるわ。度胸以上にその気持ちが強いなら、小芝居などでなく、本当に応援するわよ。……さて、榴花公主の覚悟は聞いたわ。それで、朱景はどう考えているの？」

威公主が話を振ると、朱景は、最近まで侍女であった名残《なごり》を思わせる、女性的でやわらかな笑みを浮かべた。

「僕は榴花公主様とともに」

さすが、もとをただせば大物政治家の息子。榴花をはるかに上回る遠回しな表現だ。

その返事を聞いた威公主も、同じように思ったのだろう、やや不満げに再度問うた。

「……それは、主従として、榴花公主に従うってこと？」

朱景が小さく『いいえ』と答えるも、それ以上は言葉にならないようで俯いた。

「その言い方、その所作。元侍女というだけのことはあるわね。まるでワタクシが責めているみたいじゃない。……まあ、言葉にするのがはばかられる想いがあるなら、良しとしましょう。二人の意思は確認しました。なので、これからやろうとすることは決して拉致の類《たぐい》ではないということで」

威公主は榴花と朱景を手招きして、これからの話を始めた。

「言っとくけど、道中の快適さは期待しないで。輿や馬で堂々と移動するとかは無理だから。うちの国としても今すぐに華国にケンカを売るつもりはないの。それに、相国を巻き込むこともしないわ。だから、それこそ一芝居打つから、覚悟してちょうだいね」

いくら好戦的な気質を持つ騎馬民族の国とはいえ、さすがに南の大国との正面衝突は避けるようだ。それはありがたい。華国を出ていくと決めた身ではあるが、華国に戦争をもたらしたいわけではない。できるだけ、ひっそりと祖国を去りたいのだ。あの離宮に放置され、ひっそりと生きてきた、そのままに消えてしまいたい。最後に爪痕《つめあと》を残したいなんて、これっぽっちも思っていない。最初から最後まで、居たか居ないかわからなかった公主が、いつの間にか本当にいなくなっていた、それでいい。

とはいえ、威公主が求める覚悟とはどの程度のものだろうか。放置されてはいたが、榴花は、しょせん離宮育ちの世間知らずだ。覚悟の解釈の差に不安がある。

不安が顔に出ていたのだろう。威公主が榴花に明るい声で、亡命時の移動方法を提示してきた。

「まあ、でも、大丈夫よ。あなたたちがすることは、頃合いを見計らって、誰にも見つからないように荷物のひとつになってもらうだけ。あとは、こちらでうまく運び出すから安心して。できるだけ、大きな櫃《ひつ》を用意するわ。威国に入るまでは、それで我慢してね」

榴花は、朱景と顔を見合わせた。船じゃなくて、馬に乗ることになるぐらいは想像していたが、荷物になることは想像していなかった。

「櫃は……ひとつでしょうか？」

小さく挙手した朱景が、恐る恐るという口調で、威公主に尋ねる。

「そりゃそうよ。本を入れない櫃なんてひとつでも少ないほうがいいのだからそうさせてもらうわ。悪いけど、これだけは譲れないの」

櫃は櫃だ。どれほど大きな櫃だと言っても、たかがしれている。朱景と二人、身を寄せ合わねばならないだろう。

榴花が朱景と出逢ったのは、成人前とはいえ、すでに十二歳になっていた。離宮に迷い込んできた二つ年下の子どもが少年であることに、すぐ気づいたので、榴花なりに節度ある距離感は意識していた。その後、侍女として傍らに置いたため、節度ある男女の距離というには多少近かったかもしれないが、密着するようなことはなかったし、狭い空間に二人きりということも、これまでなかったのだ。それが、ひとつの櫃に二人で入って、運ばれていくとは……。

ちっとも大丈夫じゃない。榴花は無意識のうちに、自分の胸のあたりを押さえていた。威国の都に到着するまで、自分の心臓がもつだろうか。榴花からしたら、不安が積み重なっていくばかりだ。

「二人が大陸南部の人にしては、そこまで背が高くなくて良かったわ。相国の双子を入れる櫃とか、絶対用意できないもの……」

威公主は、相国皇帝とその双子の弟宮を笑いのネタにする上機嫌っぷりである。とても、ほかの移動手段に変更してもらえるように願い出る状況にない。

「我々は、俗に育ち盛りと言われる頃に、離宮の庭で作る野菜や果物しか食べるものがなかったので、あまり背が伸びないままでした」

朱景が、移動手段から話題を変えるべく離宮での食事情の話を始めた。

「……そういう話なのね。気にしなくていいわ。大陸南部の人々がどれほど背が高くなるのかなんて実際に知っている者は威国にほとんどいないから。蒼妃様の輿入れの時、今上の相国皇帝陛下が弟・喜鵲宮として付き添っていらしたけど、皆あの人ひとりが色んな意味で特別だと思っているから。それに、背が高すぎないほうが、威圧感がなくて、かえって威国にはなじみやすいかも。背が高いってだけで敵視された喜鵲宮様の逆ね」

榴花たちの過去をやんわりと受け止めると、威公主もまた話題を変えてくれた。

「それでもあの方は、とんでもなく頭がよろしくていらっしゃるから、馬に乗れない上に戦えないという、威国の男性としてはありえない面を早々に晒すことで敵視されることを和らげたわ。本当にあの方は、誰になにが効果的なのか、よくわかっていらっしゃるわよね。……そういう意味でも特別なのよ、あの人。良かったわね、朱景。そういう前例があるから、あなたが馬に乗れなくても、戦えなくても、侍女だったなんて誰も思わないから大丈夫よ」

相の今上帝を語る威公主は楽しげだ。その上で、亡命後の食生活も語ってくれる。

「ただ、一時滞在でなく暮らすのだから、威国の標準に合わせていくほうが目立たなくていいと思うわ。口に合うかはわからないけど、元都は威国内の色々な料理が集まるところよ。栄秋ほどではないけど、羊肉料理の種類が多くて、味もなかなかだから、期待していいわ。それでもって、威国に来てから体力をつけなさい」

最後のほうは、主に朱景向けの言葉だったようだ。公主付きの侍女として生きてきた朱景は、長く男であることがバレなかった細い身体をしている。まったく鍛えていないので、威公主からしたら、朱景がとても頼りなく見えたのだろう。

だが、これからは、万事において、自分たち二人で動かねばならないのだ。

「はい……」

自信ない表情で応じる朱景の手を榴花が握った。

「大丈夫よ、朱景。わたくしも体力付けるから。頑張りましょうね」

「ええ、榴花公主さ……、いや、貴女様は鍛えたりとかはしなくていいですからね。そこは僕が頑張りますので」

一緒に頑張ろうと思ったが断られてしまった。

「はいはい、仲良し主従で結構なことだわ。その勢いで一つの櫃で運ばれてちょうだい。……とはいえ、二人にはそのままの身分で入国してもらうのも、ちょっと危ないか。首長には本当のところを報告するとしても、あまり人に触れ回るのは良くないわね。でも、どこからどう見ても威国の者には見えないだろうから、探られると厄介ね……」

この時点で、榴花は威公主が二人の亡命に関して、威首長の許可をまだとってないことに気づいたが、そこを確認しているほどの時間がないのも事実だ。

華国への出立は明日の朝。栄秋港から南へ向かう船に乗り、次に陸へ上がるのは華国の都・永夏の港になる。おそらく永夏についた時点で、朱景とは引き離されるだろう。榴花は一人離宮へ。朱景はそのまま当代の華王の前に突き出される可能性が高い。

永夏上陸はなんとしても避けたい。そのためには滞りなく威国に入国する必要がある。ここは威国に入国する際の『言い訳』を、威公主にお任せするよりない。

「そうだわ！　二人は、ワタクシが相国で見出して威国に招いた庭師《にわし》よ。高大文化を継承する華国風の庭を元都の宮城に造園してちょうだい。これで入国も宮城に住み込むのも問題ないわ」

高度な技術を持った者が、他国に招かれる例は多々ある。威国でも過去に、凌国とつながりのある蒼部族を通じて、凌国の技術者を招き入れ、高大民族の建築様式や灌漑《かんがい》事業を主導させたことがあるのだという。

「離宮の庭園を管理していたなら、ある程度の知識もあると思うし、大丈夫でしょう」

榴花はすぐに否定した。国に招かれるほどの造園技術は二人とも持ち合わせていない。

「……庭を改造して、果物と野菜を育てていただけです。とても国としてお招きいただけるような技術は……。それ以前に、なぜ庭師なのでしょうか？」

威公主が二人を庭師にして、何を期待しているのかを知りたくて、そう尋ねたのだが、返ってきたのは。榴花では理解できない言葉の羅列だった。

「大衆小説の出会いの場には、よく高大文化の影響が色濃く残る華国風の庭園が出てくるのよ。……実際に見てみたかったのよね」

威公主が、うっとりしている。生まれてからずっと離宮の外と隔絶《かくぜつ》した生活をしてきた榴花には、なにを言われているのか、まったくわからない。

だが、五人の姉がいた朱景は、なんとなく理解したようで、幾度か頷くと、榴花に微笑んだ。

「榴花公主様ならできますよ。貴女の造る庭は、いつだって素晴らしいですから」

威公主だけでなく、朱景からの期待値も、やたらと高いような気がした。

大衆小説に出てくる庭がわからない榴花は、不安を抱えつつも、目の前の二人の勢いに押されて、その肩書を受け入れた。

かくて、華国先王最後の公主と、その侍女（に女装していた青年）は、華国風庭園を造る『庭師』として、威国入りすることになった。

■　三　■

威国の都・元都の宮城は、裏庭に広大な草原を内包している。ここに各部族が区画を与えられていて、それぞれに幕営を置き、首長候補となる太子がその家族や家令、侍女たちと暮らしているらしい。

そうした部族の区画から少し離れた場所に、もともとは威公主がお気に入りの馬を走らせるために使っていたという、それなりに広い草地がある。

いまそこには、ひとつの幕舎が建てられていた。

「威公主様、こちらですか……？」

榴花は幕舎を見上げ、次いで周囲を見渡した。見える範囲は草地である。

「ええ。最低限の調度品は揃えさせておいたわ。ほかにも必要なものが出てきたら言ってちょうだい。あと、威国内で『威公主』はないわ。『黒公主』よ」

周囲を見回しながら、華国語で話していたせいだろう、『黒公主』の宮城内護衛が威国語でなにかを言って、こちらを睨んできた。

「〇〇〇、××？」

その威国語はわからないが、言わんとすることは何となく伝わってきた。この土地に不満があるのか、というような内容だろう。護衛の視線から庇《かば》うように榴花の前に立った朱景が淡々と応じる。

「いえ、日当たりはいいですし、それなりに広さがあります。悪くないですが……」

朱景が言わんとすることがわかり、榴花公主も改めて幕舎の周囲を見渡す。

「ええ。庭園にすると考えると、ちょっと水源確保に問題があるかと」

護衛は、華国語で言われても理解不能とばかりに首を傾げる。黒公主は彼らの反応も含めて笑った。

「さすが庭師ね。……でも、庭園造りは少し落ち着いてからよ。ここは、あくまであなたたちの家。幕舎は移動式ではあるけど、庭造りのための一時的な作業場ではないわ。幕舎の中はもちろん、外もある程度の範囲なら好きにしてくれていいわ」

黒公主は高大民族の言葉で榴花たちに言った後、護衛にやり取りを説明してくれた。護衛たちの表情が変わる。

「仕事熱心なことはいいことだって言ってるわ。良かったわね」

黒公主によると、威国の人々は、己の技や特技を熱心に磨く者を高く評価する傾向が強いそうだ。入国早々に、庭造りのことを考えていた庭師に、彼らは感心し、視線もまた好意的なものになったというわけだ。

「はは……。本当は、ここに庭園を造るんだと思ったものだから言ったことで……」

「実際に、到着早々に庭造りのことを考えたのだから、なにも勘違いじゃないでしょう。仕事熱心な二人、それでいいじゃない。なんなら、自分たちの庭を造ってみたらどう？　さっきも言ったけど、あなたたちの家だから、好きにしてくれていいのよ。今後造る庭の見本的なものにもなるだろうから、悪くないと思うわ」

もう一度、自分たちの家だと言われた。しかも、外もある程度の範囲なら好きにしていいとまで言われて、そわそわしてきた。本当に、この幕舎の前を庭として整えてもみたい。離宮の庭は、すでにある程度完成されていて、改造しかできなかった。でも、ここは、現状でなにもない。一から自分たちが考えた庭に造りこむことができるのだ。

思わず朱景と視線を合わせ、頷き合う。

「二人とも、やりたいことがあるのね。いいことだわ。なにか目標があるほうが、この土地に落ち着くのも早くなるだろうから」

黒公主は、ちょいちょいと手招きして、榴花たちに小声で言った。

「まずは、服装から改めましょう。当たり前だけど、榴花公主が公主の服装だわ。高大民族と交流ある者が見たら、庭師じゃないのがバレてしまうから、急いで用意させるわね」

榴花が着ているのは、庭師の肩書を持つ庶民では、身に付けることを禁じられている絹織物で作られた襦裙《じゅくん》である。庶民の服装は麻なのだ。

「あと、この国で『庭師』として仕事を始めるなら、なにはなくとも、威国の言葉を覚えなきゃね。庭造りって、二人でどうにかできるものじゃないでしょう？　威国語を覚え的確な指示出しできるようにならないと仕事にならないわ」

黒公主の言うとおりだ。本格的に華国風の庭を造ることになれば、大木や巨大な岩を配置することになるだろうし、人工池や水路のために広範囲の地面を掘ることにもなる。とてもじゃないが、榴花と朱景でどうにかできる範疇《はんちゅう》を超えている。そのための工夫《こうふ》を雇うのであれば、威国語ができなきゃ話にならない。

「それと、この国で生きていくなら馬に乗れるようにね。自分が移動するために乗るのも大事だけど、馬での移動の感覚を覚えることも大切よ。この国の移動時間は、基本的に馬に乗って行く前提で計算されているから、どこか行くときに移動時間を尋ねた答えが『歩きで半刻ほどの距離』って言われても、人の足の徒歩で半刻なんて思っちゃダメよ。馬を走らせずに歩かせる……並足で半刻のことだから。徒歩でいこうとすると、大変なことになるわよ」

こちらも必須のようだが、榴花たちにとっては、威国語習得以上の難関である。

「……それは、馬に乗るのも、移動時間の感覚を理解するのも大変だと思います」

榴花は、生まれも育ちも華国の都、永夏の離宮である。朱景も十歳から同じ離宮で過ごしてきた。買い物で街へ出たり、用件あって宮城に上がったりということもあるにはあったが、二人がまともにあの離宮を出たのは、今回の相国訪問が初めてだったのだ。

「その辺の違いは、陶蓮からも聞いているわ。二人が生まれ育った永夏は、南海《なんかい》に面した港街を擁する王都なんですってね。船で移動することはあっても、馬は使わないのでしょう?」

相国で、もっとも世話になったと思う人物の名前が出てきて、榴花は驚きを隠せなかった。今回の亡命は表向き、相国が全く関与していない、何も知らされていないことになっている。最初の段階で黒公主から、相国を巻き込まないと言われていた。だから、相国の人々は、亡命することは知っていても、黒公主任せにしたのだと思っていた。

それなのに、あの陶蓮珠は、榴花たちが威国で戸惑うだろう二国間の違いを、あらかじめ黒公主に話してくれたのだ。

二国間の違いを黒公主が意識することで、先ほどの馬による時間感覚のように、威国の人々にとっては当たり前でも、榴花たちにとっては、まったくわからないことを、説明してもらえるようになる。榴花は、遠く栄秋の地に居る恩人に改めて感謝した。

「あ、そうそう。威国語の習得なんだけど、教師は、もう決まっているの。威国に入った時点で打診の手紙を出しておいたんだけど、すぐに快諾の返信をくださったわ。二人が早く造園作業に入れるように、きっちり鍛えてくれるって」

黒公主の言葉に、複数の引っ掛かりを感じ、榴花は復唱していた。

「教師……？　我々より前に華国から威国に来ている者がいるのでしょうか？」

先に華国から、威国に亡命していた者がいるのだろうか。もしや、当代の華王に代わったときに行なわれた大粛清から逃れてきた者だろうか。榴花と朱景は、互いに視線で疑問を投じた。

「華国出身じゃないけど、彼女に鍛えてもらった相国語で、こうしてあなたたちと話せているのだから問題ないでしょう。高大民族の言葉は、高大帝国の公用語の派生だから、だいたい通じるんですってね。それをもって『大陸標準語』って称するのはどうかと思うけど……。まあ、とにかくあなたたちの威国語の教師として彼女以上の適任はいないから。……あ、でも、最初にお守りを兼ねた威国語を一つだけ教えておくわ。なにかあったら、これから教える威国語をとりあえず言いなさい。それで、たいていのことはなんとかなるから」

どんな強力なまじないの言葉かと身構えていると、それは『黒公主様を呼んでください』だった。現状の榴花と朱景にとって、それは、たしかに最強のお守りだった。

首長への帰国報告に向かう黒公主と入れ替わりに、目にも鮮やかな蒼の部族装束をまとった女性が幕舎にやってきた。

「お初にお目にかかります、蒼部族の太子妃にございます。……お二人のことは、黒公主様から伺っています。お力添えいたしたく、教師役のお話をお受けいたしました」

どうやら、この女性が榴花と朱景の威国語教師になることを快諾してくれた人のようだ。癖の強い髪を威国風に顔の周辺だけ編み込んで、銀細工の髪留めでおさえている。目尻の上がった大きな目と一字眉が特徴的で、威国の女性らしい芯の強さを感じさせるが、顔立ちは明らかに高大民族のものだった。

「蒼太子……の妃様、ですか？」

「はい。わたし、相国より威国に嫁いでまいりました。祖国では蟠桃公主の名で呼ばれておりましたが、こちらでは、蒼妃でお願いします」

相国の公主でいらした方だとは……。榴花は多少気まずさを感じた。

蒼妃は黒公主から聞いていたりするのだろうか。榴花も朱景も、もっと言ってしまえば華国も、相国に多大なる迷惑をかけたことを。

「こ、こちらこそ、よろしくお願いいたします、蒼妃様。その……相国の皆様には、多大なるご迷惑をおかけしたというのに、大変良くしていただきました。この場ではございますが、感謝と深謝《しんしゃ》を」

亡命した身でおかしな話だが、華国を代表してその場に跪礼した。

「威国にいらしたおおよその経緯は伺っております。……こちらこそ、可愛げのない弟が榴花公主様を面倒ごとに巻き込んで、大変申し訳ございません」

相の皇帝は、決して可愛げのない人ではなかったように思えるが、姉弟故の謙遜《けんそん》だろうか。引っかかるものがなくもないが、いまはもっと言わねばならないことがある。

「いいえ。わたくしは、もう公主どころか、華国の者ですらございません。……どうか、庭師の榴花として接してくださいまし」

榴花は、華国の公主であることを捨てた。それどころか、祖国さえも捨てて、この場にいるのだ。その捨ててきた祖国で暮らした離宮の名ではあるが、離宮に放置されていた榴花には、名乗るにしても榴花の名しか持っていない。だから、この地で生きていく覚悟を示す意味で、自ら呼び方を指定した。

「私のことは、朱景とお呼びください」

朱景が榴花の隣で、同じように跪礼する。

「……わかったわ。では、榴花、朱景。どうか立ってください。威国は基本的に立礼ですから」

蒼妃は、榴花たちに立つように促した。

「けっきょく華国には嫁ぐことがなかったけど、華国に行く日に向けて学んでいたことはあるから、華国語と相国語のちょっとした差もわかっています。だから、二人に威国語を教えるのも問題ないはずです。馬も慣れれば問題ないから、大丈夫。同じ高大民族としてこの国を力強く生き抜きましょうね」

蒼妃は、人懐っこい雰囲気というか、ちょっと押しの強い感じが、あの相国皇帝を思い出させる。それにしても、非常に不穏な言葉が聞こえてきた気がする……。威国は、やはりこの地に暮らすだけでも命がけということなのだろうか。そう考えると、黒公主は、威国行きに、美味しい食を保証してくれたが命の保証まではしてくれていなかった。

これは、とんでもなく危険な地へ来ることに、朱景を巻き込んでしまったのかもしれない。早く、できる限り早く、この国で生きていく術《すべ》を身に付けなければ。

「なんとしても生き抜きます。威国語と乗馬の指導、よろしくお願いします」

決意とともに、榴花は改めて蒼妃に頭を下げた。

威国語の習得は簡単ではなかったが、祖国のような遠回しな言い方が少なく、その意味では覚えやすかった。言いたいことはハッキリと言う気質のせいなのかと思えば、そうでもないようだった。

「覚えやすさは、この国が多部族国家だからだって弟は言っていたわ。部族が違えば、文化も違う、価値観も違う。それでも一つの国として成立させるために、建国から百五十年かけて言葉の構造がよりわかりやすいものに変化していったそうよ。誰にでも使えるようにするために、ね」

蒼妃は、毎日のように榴花たちの幕舎を訪れては、共に食事をし、お茶を飲んで語り合うことを通して、日常生活に必要な威国語と威国の事物について教えてくれた。

また、二人でいるときも学びやすいようにと、黒公主からは、蒼妃が相国から嫁いでくる際に持ち込んだという大衆小説を数冊貸してくれた。印刷された冊子は、華国でも大衆向けの娯楽本として流通していた。あくまで庶民のための本なので、公主に生まれた榴花も、元上流貴族の家出身の男児である朱景も手にしたことがなかった。

「でも、姉たちは読んでいたようです。僕が触れたことはありませんが。……ただ、姉たちが熱狂していたのは覚えているので、黒公主様が物語に出てくる庭の再現にこだわられるのも、なんとなく理解できます。五人いる姉の一人は、舞台になった庭園を実際に見に行ってもいたくらいですから……」

朱景の話に、黒公主が羨《うらや》ましいと、その場で手足をバタつかせる。

「威国でも相国でも、公主は、こういった本を読むのですね……」

だが、高大民族の言葉で書かれた大衆小説が、威国語を学ぶのにどう役立つというのだろうか。そんな疑問を抱きつつ、榴花は初めて触れる冊子を、多少びくつきながらめくってみた。

何枚かめくって、あることに気づき榴花は無言で朱景に冊子を渡した。受け取った朱景も無言で中身を最後まで確認してから、呆然と呟いた。

「これ……、全部に威国語が併記されているのですか？　すごいですね、この方からも威国語を教えていただくことはできないのでしょうか？」

今日は、黒公主も二人の幕舎に来ていて、答えられない蒼妃に代わって苦笑で回答してくれた。

「それやったの、喜鵲宮時代の相皇帝よ。さすがに今上帝に威国まで出張講義に来ていただくというのは、無理でしょうね」

「……相の皇帝陛下が、これを……？」

榴花は驚き、改めて朱景の手元にある本を見る。印刷された高大民族の文字の横に、細かい字で威国語が併記されている。注釈と思われるものも書き込まれていて、大衆小説というより学術書のようだ。

「あの方、あまりこういう細やかなことをなさるようには見えなかったのだけれど」

「ですが、あの誠実な御方が、お書きになったのなら翻訳も信頼できますね。教えを請うことができないのは、残念ですが」

皇帝としての彼しか知らないわけだが、喜鵲宮だった頃であっても、なんというかずっと部屋に籠って、机の前で翻訳作業をしていられる方だとは思えないのだが。

「この数々の甘い台詞《せりふ》を、あの方がいったいどんな顔で訳していたのかと想像すると、それだけで背中がむずがゆくなるけど、威国的には喜鵲という名の偉大な翻訳家ということにしてあるから、正体は内緒ね」

黒公主に言われて、榴花は頷くも、首を傾げたくなる。なぜだろう。同じ相皇帝のことを語っている気がしない。

「榴花様。ここは、喜鵲殿の翻訳に感謝して、学びに使わせていただきましょう」

順応性の高い朱景は、さっそく翻訳家の喜鵲への感謝を口にする。

ある人物を評するとき、人によって大きな違いが生じるのは、よくあることだ。

榴花は、そう納得することにした。なにせ、そんなことよりも目の前の事態を制止することのほうが大事だ。

「朱景、音読しないで！」

大衆小説に耐性のない榴花は、恋人関係にある男女が日常会話を交わしている場面でさえも、気恥ずかしくなってしまうのだ。

「前途多難ね。まあ、絶対にハマるだろうから、二人とも言語以外のこともたっぷり学ぶといいわ」

黒公主は、なぜか勝ち誇った顔をしていた。

黒公主の予言的中というところだろうか。最初の本を借りてから、一週間もしないうちに、最初の倍の冊数の本を借りてくることになった。

「榴花様、蒼妃様から新しい作品を借りてきましたよ。お読みになりますか？」

本を抱えた朱景が幕舎に入ってくるのを迎えた榴花は、即答した。

「もちろんよ！　ねえ、『月下《げっか》花宴《かえん》』の続きはある？」

「ありますよ。榴花様がお気に召したようでしたので、続巻も優先的にお借りできるようにお願いしてあります。蒼妃様も覚えていらっしゃるようで、最初に出してきてくださいましたよ」

好みの作品を覚えられているというのは、なんだか気恥ずかしいものがある。

「……そう言う朱景は、どれが好きとか、これは続きが気になるとかないの？」

気になっていたことを尋ねてみたが、朱景の回答は、榴花よりも作品と距離があった。

「どれも勉強になりますから、これは読んでこれは読まないというのはないですね」

やはり、この手の作品は女性向けなのだろうか。ハマり具合に差があるようだ。

黒公主の言っていたとおりに大衆小説を積極的に読むようになった榴花だったが、朱景と異なり、どうしても内容が偏ったものになってしまっている気がするのだ。

「わたくしも勉強のため読んでいるわ。内容の好き嫌いとかないから。お借りしている本に、身分差を乗り越える話が多いのは、大衆小説には、そもそもこの手の内容の作品が多いだけのこと。『月下花宴』は、続きが気になる終わり方だったから……」

榴花は、すでに身分の枠組みから外れた身であるが、周囲の読み手は、身分の高い女性ばかりだ。皆、どんなことを思いながら、この手の内容の作品を読んでいるのだろうか。

「もしかすると、お持ちになっている蒼妃様や黒公主様がお好きな作品の傾向なのかもしれないですよ。……それじゃあ、読み終わった本を返してきますね」

高く積まれた本を、朱景が軽々と抱え上げる。

「朱景、なんか……雰囲気が変わったわね。腕の力がついたみたい」

朱景は、いったん本を机上に戻すと、少し袖をめくって自分の腕を確かめる。

「ああ、榴花公主様のおっしゃるとおり筋肉がついてきましたね。乗馬の練習に加えて、貴女の護衛を務められるように護衛術の訓練も受けているからでしょう。……あとは、やはり食事の影響かと」

来たばかりの頃にいただいた黒部族の臣下用の装束は、細い身体には余裕がありすぎたが、いまではなかなか様になっている。

「そこはわかるわ。この国の食べ物って、日々血肉になっている感じがすごいのよね。わたくしも確実に重いものが持てるようになってきたわ。元から離宮の庭仕事でひ弱さとは縁遠かったけれど、この国に来てから確実に鍛えられた気がするの」

榴花は立ち上がると、朱景に見える位置で、自身の装束の袖を捲《まく》った。

「ね、わたくしもちゃんと筋肉がついてきたでしょう？」

同意を求めて朱景の顔を見て、ふと気づく。自分が朱景を見上げていることに。

「……背、また伸びたわね」

いつの間にか、朱景の背は榴花公主を見下ろすほどになっていた。

「榴花公主様は、変わらずお可愛らしいですよ」

視線の高さの差が大きくなったから屈《かが》まずに話すために、最近では、いままでよりも距離をとって並ぶようになった。

「……朱景、もう侍女には見えない感じになってきたのだから、そういうことは、気安く言ってはいけないのよ」

軽く注意するも、朱景のほうは不思議そうに首を傾げる。

「そうなのですか……?」

朱景は、もう侍女に扮していたことがあると言っても、冗談だと思われるような体つきに変わった。庭造りで物を運ぶのも、最近では朱景の仕事に固定されつつある。榴花も自分で物を運ぶが、重いものは、たいてい朱景が持っていってしまうのだ。

そういうとき、朱景は侍女だった頃と異なり、榴花より前を歩く。後ろからついていく榴花は、朱景の背中を見ることに慣れてきた。

でも、朱景が宮城内ですれ違う人々とあいさつを交わす姿を見ることには、まだ慣れない。特に、女性従者たちと笑顔で話す後ろ姿は、榴花が知る朱景とは違う誰かに見えるのだ。

「……朱景、本はわたくしが返してくるわ。蒼妃様と作品の話もしたいし」

言うと同時に、朱景が一旦下ろした本の山を両手に抱え、返事を聞く前に幕舎を出た。

榴花が一人で本を返しにきたことに、蒼妃はもちろん、遊びに来ていた黒公主も驚いた顔をしたが、榴花の顔を見てなにごとか察したようで、口角を上げた。

「いい傾向だわ。……今後の展開を楽しみにしているわよ、榴花」

人を物語の登場人物のように言わないでほしい。そう思うも、榴花は沈黙した。元公主であっても、今は一介の庭師である。榴花が、黒公主に反論することなど許されていない。

「わたくしは、もう……ただの榴花なのに」

身長差が、距離感が、二人の間に昔のままではないことをはっきりと見せつけるのに、朱景はいまも二人の時は変わらず『榴花公主様』と呼ぶ。どれだけの本を読めば、魂に刻まれた身分差を乗り越えることができるのだろう。

黒公主から新たに貸してもらった本を抱え、榴花は小さなため息をついた。幕舎の外で、朱景に聞こえない場所で、ため息をつくことが増えた。

■　四　■

その日、榴花と朱景は、朝から幕舎前の庭づくりを進めていた。ある程度区切りのいいところで休憩に入る。用意しておいた点心で小腹を満たし、お茶を飲みながら午後の作業の話をしているところで、訪問者があった。

庭師の二人にとっては雇い主である黒公主だった。

「二人の幕舎の前もずいぶん庭として整ってきたわね。ワタクシ、頻繁に顔を出しているから驚いたりはしないのだけど、最初の日についてきていた護衛が、昨日遠征から戻ってきて、宮城内を移動中にこの近くを通ったらしいの。大興奮で首長にこの庭の話をしていたわ。石の壁や木々が配された庭が出現したって。言われて思い出すと、ただの草地だったんですものね、そりゃ驚くわ」

黒公主は差し入れとして、元都から少し離れた地域で採取した奇岩をいくつか運ばせてきた。庭の景色として置くのにちょうどいい大きさのものを選んでくれたらしい。

「これは、いい岩ですね。探してくださったのですか。ありがとうございます」

「いいのよ、前払い報酬みたいなものだから」

黒公主は軽く笑って言いながら、最近幕舎で飼い始めた黒毛の犬の頭を撫でた。

「報酬？　……では、いよいよ庭造りを？」

思わず二人で身を乗り出すと、黒公主が嬉しそうに答えを返す。

「そうなの。この庭の話をお聞きになった首長が興味を持たれて、さっそくご覧になったそうよ。それで、もっと大きい庭を見たいっておっしゃって、場所の許可もすぐに出してくれるって」

二人して身を引き、ついでに血の気も引いた。

「い……いつ、首長様がいらっしゃっていたのでしょうか？」

首長が庭を見に来ていたというのに、挨拶をしていない。作業に夢中になっていて、気づかなかったのだろうか。

「大丈夫よ。庭を見たのは、上からだから」

黒公主が指さしたのは、幕舎のある一帯を見下ろせる宮城の上層階のあたりだった。

それでは気づきようがない。首長は、遠目に見たのであって、いつの間にか訪問されていたわけではないようだ。榴花も朱景も無礼を働いてしまったわけではないことに安堵して力が抜けた。

「大げさね。……たとえ、首長が幕舎の前まで見に来ていて、それに二人が気づかなかったからって、罰を与えるとかないから安心して。気づかれなかったなら声を掛ければいいだけのこと。気づかないほうが悪いなんて理不尽なことをおっしゃったりしないから」

榴花も朱景も、曖昧な笑みしか返せない。

華国は、その心ひとつで、代々の王を支えてきた重臣の家を、突如潰した者が玉座に就いている。榴花だって、王が離宮の公主に興味を持たなかったから、かろうじて生かされていただけだ。榴花の相国行きにしたって、王が『捨て駒』として使っていい許可を出していたと聞いている。国の頂点にある者の怖さというものを、榴花も朱景も、身の奥の奥にまで刻み込まれている。威首長に対しても、同じ恐怖を抱いてしまうのだ。

「それでね、首長は二人の庭にとても感心されて、二人に『仕事』をお願いしたいとおっしゃられたの」

黒公主は興奮気味に言うが、榴花は言葉に引っかかりを感じた。

「あの、お仕事……ですか？　庭造りでなく？」

どうやら聞き返されることを前提に『仕事』という言葉を使ったようだ。黒公主は、確認した榴花に、待っていましたという笑みで返した。

「造園はもちろんのこと、広く高大文化を学べるようなものにしてほしいそうよ」

どうやら庭を造るだけでは許されない話のようだ。首長は十分に理不尽をおっしゃっているように思えるが……。

「……広く、学べるとは……？　なにか、もう少し具体的なご希望はないのでしょうか？」

興奮気味の黒公主が、もっと何か首長から聞いていないか確認したかった。だが、黒公主は、腕を組むと小さく唸る。

「こちらからすると、具体的になにが高大文化に入るのかが、まずわからないのよ。だから、具体的な枠組みを示すことも難しいのよね。でも、今後は相国、凌国との貿易を強化することになる。あなたたちがこの国の言葉や習慣を学ぶように、ワタクシたちの側も高大民族の言葉や文化を学ばねばならないのよ」

黒公主の言いたいことはわかる。威国の騎馬民族と、華国の高大民族との間には、様々な文化の違いがあることを榴花も感じている。だが、違っているのはわかるが、細やかにここが違う、これこそが高大民族の文化というものだと言い切れるなにかが提示できるわけではない。

「わたくしは、威国の文化的特徴は、騎馬民族というだけあって、馬との関係に現れていると思います。威国語と同時に馬術を教えていただいたことで、この国独特の感覚というものに触れることができました。……広く高大民族の文化を学べるとしたら、この国の馬のような存在がいいと思います」

高大民族の国は、高大帝国が倒れてから、大小さまざまに分かれて続いている。大国としては、東の凌国、南の華国、西の相国の三つだ。三国に共通する高大民族的な特徴とはなんだろうか。

「僕が威国で感じたのは、色の使い方の違いですね。部族色というのがあって、それぞれに自分の部族の色を使うことにこだわっていらっしゃる。華国も国の色として紅があるのですが、別に華国の民が紅を身にまとわねばならないというわけではありません。相国の栄秋の街を少しだけ見せていただいたのですが、国色の白は、華国と同様に色彩の一部として溶け込んでいました。そのことを思い出して、改めてこの国での色の使い方と比較した時に、複数の色を組み合わせて使うときの、その組み合わせの仕方に高大民族らしさが出るのだと感じました。威国の方々に比べて、高大民族は濃く鮮やかな色をそのままに組み合わせるということをしないんです。目立たせたい色のために目立たない色を周囲に配置する。色の濃淡を意識する。そこに高大民族特有の感覚が現れているのではないでしょうか」

榴花は、朱景の意見に少し驚いた。侍女として常に主の傍らに控えていた朱景は、自分の考えを口にすることが少なかった。

それが、こんな風にはっきりと考えを言えるようになっていたとは。

「い、色でしたら、庭園にも取り込める要素です。庭園は、閉じた一つの世界として組み上げるので、高大民族が『優雅さ』や『華やかさ』を感じる色彩を、花木の色の組み合わせや配置に詰め込んで、庭を眺めることで学んでいただく……というのは、いかがでしょうか？」

榴花は、朱景の意見を取り込んで、首長の依頼に答える庭の形式を提案した。

黒公主は、少し黙って考えてから、二人に頷いて見せた。

「いいわ。……むしろ積極的に、庭園に高大文化的なものを詰めこんでちょうだい」

これで少し、どんな庭にするかが見えてきた。そのことに安堵した榴花と朱景に、黒公主が庭の形式についてさらなる提案をしてきた。

「考えたのだけれど……、あなたたち二人で、本当に大衆小説に出てくる庭園を再現してみない？　あ、これは決して趣味に走って言っているわけじゃないのよ。真面目な提案だから。色彩はもちろんだけど、高大民族の考え方……哲学？　のようなものも庭から見えてくると思うのよね。男性は、あの手の大衆小説はなかなか読んでくれないから、庭から体感してほしいし、そこから作品に少しでも興味を持ってもらえて、本を手に取ってくれたら……と思って。どうかしら？」

華国風庭園が基礎としている高大帝国式庭園は、黒公主の言うように、神仙思想《しんせんしそう》という一種の哲学が込められている。庭園の各所には、神仙郷《しんせんきょう》の象徴物を必ず配置する。ただ、高大民族にとって、そうした庭は、当たり前すぎて意識されない。大衆小説に描かれた庭園も、神仙思想について触れていないのに、風景の中に神仙郷を感じさせるのだ。そういう意味では、高大民族の庭園形式自体が、神仙郷の再現ともいえるもので、庭園規模の大小に関係なく、必ず神仙思想が取り込まれている。

まだまだあいまいだが、高大民族の文化という空気感は、庭園を通じて伝えられるかもしれない。

「わかりました。そのご依頼を受けます。……ただ、どの作品の庭を再現するか、少し検討させてください。できれば、同じ高大民族の蒼妃様のご意見を伺いたいです」

この国に来て、庭師としての人生を与えてもらったのだ。この依頼を断るという選択肢は最初からない。

「いいわ。蒼妃様には話を通しておくから、じっくり話し合って、候補をいくつかあげてちょうだい。ものによっては、用地におさまらないとか、材料の用意が現状のうちの国では厳しいとかあると思うから」

黒公主は、多少大胆で無茶なことをさせる人だが、理不尽を強いる人ではない。空想の庭をちゃんと形にするための道筋を考えてくれている。

「ありがとうございます。手配のほど、よろしくお願いいたします」

蒼妃に話を通してもらえるという黒公主の配慮に感謝した。

「がんばりましょうね、朱景」

威国に来て三ヶ月。ここにきて、相国から造園のために招かれたことになっている二人は、ようやく庭師としての仕事を始めることになった。ここからが、威国で生きる新しい人生の始まりだ。榴花は気合を入れて、朱景に声をかけた。それなのに……。

「はい。榴花公主様。お支え致します」

朱景の呼び方が、その言葉が、捨てたはずの過去に、榴花を縛《しば》るのだ。


蒼妃の意見を聞きに蒼部族の幕舎を訪問したのは、依頼をもらった日の夜だった。

「ついに、お二人の庭造りが始まるのですね。とても楽しみです」

黒公主が話を通してくれていたので、すぐにどの作品の庭にするかという話に入れた。蒼妃は手元の本から庭が重要な役割を果たしている作品をいくつか選んで、榴花たちに読ませてくれた。

「この作品は、私たち向きですね。……庭園の話が詳しく書かれています」

並んだ本の中から、とある作品を手にした榴花は、庭について書かれた部分を拾い読みして、そう独り言を口にした。

だが、聞きつけた蒼妃は、大きな目をさらに見開いて、榴花の手を取る。

「素敵ですよね！　そちらの本に書かれた庭は、再現することができそうですか？」

「できなくないと思います。……意識している庭の様式が描写の端々に現れていますから、その様式で造ってから、細かな描写に合わせて細部を調整すれば」

榴花の手から落ちた本を拾い、朱景が本文を指先でなぞりながら答える。

「それって、ほかの作品でも細かく書かれていたら再現が可能ということでしょうか？

……もしや、某作品の夜の四阿《あずまや》での密会も体験できてしまうということですか？」

詰め寄る蒼妃の背後から、低い声がかかる。

「……蒼妃は、誰と密会を体験するつもりなのかな？」

本日は、蒼部族の幕舎で話しているので、少し離れたところに蒼太子が居るのだ。

蒼妃は、大衆小説に出てくる庭の再現という話題に夢中になりすぎて、そのことを失念していたようだ。

「あ……いや、庭を眺める……眺めるだけですよ、蒼太子。密会ののぞき見です」

訂正するにしても、『のぞき見』は、少々人聞きが悪いのではないかと思われる。

蒼太子と蒼妃の婚姻は、首長が決めたものという話だが、二人の夫婦仲は大変良く、蒼太子はこの手の話で悋気《りんき》することもあるようだ。

「もしくは、蒼太子が作品を読み込んで、密会の再現をしてくれてもいいですよ？」

いいことを思いついたとばかりに、蒼妃が蒼太子に本を差し出す。

「蒼妃は、そうやってすぐに本を読ませようとしますよね」

差し出された本を、受け取らずに言い返す蒼太子の声はやわらかい。

うらやましい。そう思ってしまうのは、間違いだろうか。

二人は生まれ育った国は違えども、太子と公主だ。置かれた立場も状況も違う。榴花と朱景は、公主と従者。その隔たりは大きい。しかも朱景はすでに潰された家の者で、公的には故人として扱われている身だ。

国を捨てた公主と従者。華国では駆け落ちのように言われているのだろうか。でも、実態は、榴花のわがままに朱景を巻き込んだようなものだ。

目の前に女性が自分しかいなかったときは、とうに終わりを告げた。この威国の地で、朱景の視界は見渡す限りに続く草原と雲の少ない青空のように広がった。それでも、今はまだ主従の鎖が二人の間に残っている。いつかは、その鎖も跡形もなく消え去り、長く続いた関係性から解き放たれる日が来るだろう。その時、朱景は誰の手を取るのだろうか。

もうこれ以上、自分の選択に朱景を巻き込みたくないのに、自分を選んでほしいと願ってしまう。自分でも自分のことを、浅ましい、と思う。

そんなことを考えている自分は、朱景の目に、どう映っているのだろう。

ふいに朱景と目が合った。蒼太子と蒼妃のやり取りを眺めていた穏やかな表情が、明るい笑顔に変わる。

華国で共に過ごした日々の中、どこか翳《かげ》のある笑みを浮かべていたあの朱景は、もういないのだ。

そう思うと、いまの朱景に、どんな表情を返せばいいのかわからなくて、榴花は、ただ、視線を逸らすことしかできなかった。

■ 五 ■

榴花たちが威国に招かれた庭師として生きる日々は、それなりに忙しい。まだ慣れないことも多々ある生活に加え、威国語と馬術の習得のための時間も確保しなければならない。その上で、庭師の仕事として黒公主と首長の依頼に答えた庭造りについて話し合いを進めている。いや、傍目《はため》には読書会をしているようにしか見えないだろうけど。

蒼妃も黒公主も、実際に見てみたい庭が多すぎるのだ。現状、それらすべての作品に目を通し、庭師の目線から再現の可否を判断していくことで候補を絞っている段階なので、とにかく大量の大衆小説を読んでいる。

「……思うに、朱景って、本から出てきたみたいなのよ」

黒公主が、手元の作品から庭の描写の書かれている部分を探しながら、そんなことを言い出した。

「そうでしょうか？　私のような者は物語に出てきても面白みに欠けますよ……。大変不敬な発言ではございますが、相国皇帝陛下のような男性のほうが物語には映えるのでは？」

榴花としては両方に賛成だ。朱景は、榴花にとっても物語に出てきそうな青年だ。一方で、相国の今上帝が物語に出てきそうな感じだというのは、榴花でなくとも賛同するところだろう。……と思ったのだが、黒公主は、とっても渋い顔をした。

「え？　あの切れ者が？　……どちらかって言うと、軍師役じゃない？　何考えているのかわかりにくい御方だから」

首を傾げた榴花は、朱景と目が合った。目を見るに、お互いに同じ疑問を感じているようだ。

「……前々から思っていたのですが、黒公主様の相皇帝の印象は、我々とはだいぶ異なるようですね」

榴花が言うと、今度は黒公主が首を傾ける。

「そうね、なんだか話が……あ、あぁ！　はいはい、言いたいことがわかったわ」

途中で急に叫んだ黒公主は、そこで急に黙ると、室内にいる護衛に目配せをした。

護衛たちが主の意を酌んで部屋を出ていく。一介の庭師になってからは、部屋を出ていく側だったので、久しぶりに見る『人払い』だ。

これには、榴花よりも朱景が顔色をなくした。朱景は、華国の宮城で堂々と行なわれていた、王による粛清を幼いながらも重臣の息子として目の当たりにしたと聞いている。

華王が誰かと話すために人払いをすると、必ず室内で話していた相手が急に華王に襲い掛かり、華王は仕方なく、『王の権限』によりその場で処分した……ということが、幾度もあったのだと。そして、それは朱景の父親も……。その記憶から、朱景は、誰かと閉鎖的な空間に閉じ込められることが苦手なのだ。

「黒公主様、申し訳ございませんが、庭師の我々が護衛の方々がいない席で、お近くに侍《はべ》りますのは不敬にございますので、少し後ろに下がらせていただきますね」

榴花は、朱景の手を引き、部屋の入口に近い場所まで下がった。

「朱景は本当に大丈夫？　……何か事情がありそうだから、すぐに話を終わらせるわね」

そう言いながら、榴花だけでも少し近くに来るよう目で合図する。

「ご配慮に感謝いたします」

「いいのよ、あなたたちの幕舎で話していればよかったのに、ここで話すことになったのは、ワタクシに非があるわ。……まあ、二人はすでに政から離れているし、これを知っていたとして使いどころがないことだから、いま、ここで言っておくわね」

そう前置きした黒公主は、ほんの一瞬で榴花たちのほうに近づいた。

「あなたたちが会っていたのは、白鷺宮様のほうなのよ」

それだけ言うと、すぐに元の場所に下がり、榴花たちと距離を置いてくれる。

「白鷺宮様……？」

思わず、聞き返してしまった。だが、黒公主が唇の前で人差し指を立てるので、続く言葉は飲み込んだ。

朱景も恐怖より驚きのほうが勝ったようだ、榴花の隣まで歩み寄ってきた。

その様子を見て、朱景は大丈夫だと判断したのだろう、黒公主がこちらの様子を窺《うかが》いながらではあるが、密談の距離を詰めた。

「ええ。……知っていると思うけど、相の今上帝は白鷺宮様と双子なの。これが本当に同じ顔で……ああ……ちょっと過去の失態が思い出されて……」

聞けば、あの女官吏・陶蓮珠と白鷺宮が二人で話しているのを、皇帝との密会だと勘違いしてひと騒ぎあったそうなのだ。

「あなたたち二人も陶蓮とは縁があるから、いずれまた彼女に会うかもしれない。その時に、傍らに相の今上帝が居たとしても、だいたい白鷺宮様が今上帝の身代わりをさせられているときなので、知らぬふりをしてあげて」

黒公主は、榴花たちが会った皇帝が、白鷺宮のほうであることに加え、その後の相国で起きたとある出来事により、本物の皇帝が片目を失い、身代わりが常態化していることも教えてくれた。

「あの二人も、あなたたちと同じで……いえ、もっと複雑になっちゃった関係ね。どうにかいい形に落ち着いたらいいなぁ、とは思っているんだけど……」

黒公主は、自身の友人として陶蓮珠の名を挙げ、その今後を憂いたが、それでは終わらなかった。

「でも、あの二人の落ち着かない感じが、また見守っていたくなるのよね」

「それは、応援しているのか面白がって観察しているのか、微妙ですね」

なんとなく陶蓮珠が気の毒になった榴花の傍らで、朱景が俯き呟く。

「そんな、陶蓮珠が……」

ちょっと珍しい表情だった。

「朱景は、ずいぶんと陶蓮を気に掛けているのね？」

黒公主も違和感があったのか、朱景に問う。

「それは……。相国で、もっともお世話になった方だからです。ご迷惑をおかけした分、健やかにお過ごしであることを願っておりました。ですが、官吏であることを差し引いても、政の中枢に近い場所に居るとなると、危険な目に遭うのではないかと」

相国で、もっともお世話になった……に誇張《こちょう》はない。榴花と朱景が二人して多大なる迷惑をかけたのに、すべてを解決する手を思いつき、実行してくれたのが、陶蓮珠だったのだから。

榴花も朱景に同意し、陶蓮珠の身の危険を案じたが、黒公主には一蹴された。

「そこは、陶蓮だから仕方ないわ。……もう、これでもかってくらい厄介ごとが起きるのよ、陶蓮の周辺では。特に……」

言いかけた黒公主が続く言葉を飲み込み、話題を本来この部屋で話されていた内容に戻した。

「いいえ、何でもないわ。……二人も陶蓮の穏やかな日常を祈ってあげて。陶蓮も大衆小説が好きなの。だから、たくさん作品の庭を再現してあげてちょうだい。いつか、元都に来る日があったら見せたいわ。きっと、泣いて喜ぶと思うの」

それで少しでも、あの恩人に返せる何かになるのであれば。

「いいですね。ぜひ見ていただきたいです」

榴花は頷き、傍らの朱景の顔を見上げた。

「ぜひ。……お礼になれば、嬉しいです」

そこには、もう怯える色はなかった。陶蓮珠は、この場に居なくても朱景の問題を解決してくれた。本当にお世話になりっぱなしだから、彼女のためにも最高の庭を造ろう。そう決めた榴花は、再び本の山と向き合うことにした。


黒公主や蒼妃と話し合うこと一週間、ついに、どの作品の庭を再現するかの候補五作品が決まった。宮城の黒公主に作品と、どういう庭になるか、簡易な設計図を提出して幕舎に戻ってくると、作りかけの庭で足を止めた朱景が、榴花に提案してきた。

「そろそろ本格的に、幕舎の前を庭として整えてみませんか。庭を見にいらっしゃる方が増えることで、榴花公主様もいろいろな人と交流を持ついい機会になると思いますし」

幕舎前の庭を整えるのは賛成だが、そのこととといろんな人と交流を持つことは別問題だと、榴花は思う。

「そうかしら……。皆さん庭を見に来るのであって、わたくしを見に来るわけではないでしょうから。そもそも庭師は、表に出るような仕事ではないわ」

声を掛けられるとしたら、せいぜい造園の依頼ぐらいだろう。ただ、それは、業務上の話をするだけで、朱景がいうような交流とは違う気がする。

「そんなことありません。どういう庭にしたいかを語る時の貴女は、とても輝いて見えますよ。皆さん、榴花公主様ともっとたくさん話してみたいと思うはずです」

威国の物言いに慣れてきたのか、最近の朱景は言葉遣いがまっすぐすぎて、ますますこちらの心臓に悪い存在になってきた。これだから、黒公主も『大衆小説から出てきたみたい』なんて言うのだ。

「榴花公主様？」

見つめられることに耐え切れず、視線も顔も逸らしたら、今度は詰め寄られた。侍女だったせいか、こういう近づいて話そうとしてくる時の距離感が、やたらと近い。そのことで、身長や体格の差が、また広がっていることに気づく。変わっていく朱景を、きっと誰よりも間近に感じている。

祖国では長く起居《ききょ》を共にしてきたし、ひとつの櫃に二人で入って国境を越えてきた。あのころだって、朱景を大切に思っていたし、離れたくない存在だからこそここまで来たはずだ。それなのに、どうしてこんなにも、違ってきてしまったのだろう。

「ここの庭を造りこむことには賛成よ。……初めてここに来た時に、黒公主様も言っていたような、わたしたちが、どんな庭を造る庭師なのかを見てもらうための『見本になる庭』にしましょう」

言いながら榴花は、朱景と距離を取った。そのまま、植えたばかりの庭木の新芽を確認していると、朱景が榴花の背に声を掛ける。

「ですが、榴花公主様。それでは……」

なにを言われるのだろう。二人で造る庭を否定されるのだろうか。

朱景を振り返るのが怖くて、庭木の枝先を見つめたまま動けなかった。

「庭の見本を造る、それよ！　でも、やるなら、家の前じゃなくて、ある程度の広さの場所でいくつかの形式を用意しないと見本にならないわね！」

突如、黒公主の声がして、振り返る。そこには、先ほど宮城で会ったばかりの黒公主が、これまた提出したばかりの図面の束を手に立っていた。

「ちょうどいいわ。もらった図面では、規模感がわからなくて、どのくらいの広さの庭になるか聞きに来たのだけれど、実際に造ってもらったほうが早いわ。図面の一部分を切り出す感じでいいから、それぞれの図面にある庭の見所をいくつか集めた庭園を造ってみてくれる？　二人の威国語もかなりうまくなってきたし、工夫への指示出しも、できる限り自分たちでやってもらうから」

提出していた図面を、朱景の手の上に乗せると、黒公主は身を翻した。

「じゃ、ワタクシは、首長の許可をもらいに行ってくるわ。二人は、実際に造る図面の一部分をどこにするか、よーく話し合っておいてね」

言うだけ言って、宮城のほうへと戻って行ってしまう。

置き去りにされた感たっぷりの状況に、榴花は朱景と顔を見合わせた。

「……え？」

やはり黒公主は、大胆で無茶なことをやらせる人であった。

庭園の見本として、黒公主の所有地の一角にごく小規模な庭園を造った。華国風庭園に特徴的な人工池を中心に置き、周囲に奇岩を配置し、その間や池の上を幾度も曲がって続く廊下や橋も通した。折しも、春である。花を咲かせる木々を数多く植え、庭園内を歩き回って様々な角度から花々を眺められるようにした。

蒼部族経由で凌国からお借りした機材を使い、砂岩地帯まで出向いて見つけてきた巨大な奇岩を運び込んだことで、小規模とはいえかなり本格的に作り込んだ華国風庭園に仕上げることができた。

華国風庭園は、そもそも足を止める場所によって、見える光景が異なるという特徴がある。今回は、そこにちょっとした仕掛けとして、提出していた五枚の図面のそれぞれから一部分、黒公主と蒼妃の意見を取り入れた人気の大衆小説の庭が再現された場所というのを実際に見られるようにした。

「大人気ですね。作品に描かれた庭の一番いいところだけを再現したのも良かったのかもしれませんね」

朱景が、庭の掃除を、雇った工夫に指示しながら、嬉しそうに言った。

「季節も良かったわ。置きたい花を選べる時期だもの」

大衆小説で庭園が描かれるのは、ほぼ華やかさの演出のためだ。そのため、春の庭であることが多い。いまが草原の冬の時期だったなら、ほとんどの庭が再現不可能だった。

「ねえ、うちの区画でも庭を作ってほしいのだけれど、ちょっと話を聞いてもらっていいかしら？」

どこかの部族の女性が、朱景に声を掛ける。工夫への指示だしなどは朱景が行なっているので、主たる庭師は朱景だと思ったのかもしれない。

「はい。お伺いいたします」

朱景に任せて問題ないだろう。長く侍女をしていた朱景は、基本的に人の話を聞くのがうまい。本人によれば、姉が五人も居る末っ子の弟というのは、聞き役に回らざるを得ないので、鍛えられましたとのことだったが。

榴花が朱景に代わって掃除の指示だしをしようとしたところで、耳元にささやかれた。

「……あら、さっそく朱景に目を付けたわね」

驚きに肩を跳ね上げて、声のした方を見れば、黒公主がいた。

「黒公主様！　……いらしていたのですね」

庭師として雇い主に失礼がないように、色々言葉を飲み込んで立礼する。

「盛況なようでなによりよ。……でも、榴花。あの人には気を付けなさい」

そうは言われても、あの女性が、どこの部族のどなたなのか、榴花にはわからない。衣装の色からすると赤部族か紅部族だと思われるのだが、野外の太陽の下では、どちらの色なのか、判別がつかなかった。

衣装の色を見極めようと目を凝らした。それが、ものすごく顔をしかめているように見えたのだろう、笑った黒公主が、改めて朱景に声を掛けた人物について教えてくれた。

「赤妃様よ。青部族の出身で赤太子様に嫁いだの。赤太子様は、ハル……黒太子に並ぶ武勇を持っていらっしゃるけど、赤妃様ご自身もとても強い方なの。白姉様は別格としても、当代の太子妃や公主の中では三本の指に入る強い方ね。……ご自身が強いせいか、赤太子様が好みに外れるからかはわからないけれど、ほっそりした男性にお声を掛けることで有名なのよね。まあ、お声を掛けるだけでは終わらないことが多いわけだけれど」

二十代後半、榴花とそう変わらない年頃に見える女性だった。馬に乗ることが前提の露出度の少ない、布の厚みのある部族衣装なのに、凹凸のはっきりした身体の線が見て取れる。もう全身から力強さと色香を放っている気がした。

しかも、朱景に話しかけているのは、赤妃だけではない。赤妃に同行してきたと見える女性が数名、同じく話に参加しているようだ。

「赤妃の取り巻きも、同じ趣味でいらっしゃるから、あの集団はなかなか手強いのよね。とりあえず、造園依頼は威国に招いたワタクシを介して行なうように全体に言っておくから一時的には大丈夫よ。それに優先されるのは、首長の依頼だし」

黒公主の言うとおりだ。今回の造園は、いわば首長の依頼に応じるための試作である。これで、ほかから依頼が殺到しても対応できない。

「我々では、太子妃様方からのご依頼をお断りするのが難しいので、助かります」

最近ようやく慣れてきた立礼で謝意を示したが、小柄な黒公主が榴花の顔を真下から見上げてきた。

「ん～、言うことは、そこだけ？」

大陸南部の生まれである榴花は、幼少期の食生活による発育不良の影響があっても、黒公主よりは背が高い。頭一つ半の身長差で、黒公主が顔を寄せてくる。朱景の比ではない近さだ。

「こ、黒公主様、近すぎです！」

慌てて身を引くと、黒公主が若干眉間《みけん》にしわを寄せる。

「この距離に慣れてないって、なんなの？　この国に来て三ヶ月は経っているんですけど。……ねえ、年上の貴女にこういうことを言うのは、どうかと思うけど……。朱景をちゃんと捕まえておいたほうがいいわよ。威国にはいない感じだから、どうしても人目を引くのよね」

顎先《あごさき》で示されたのは、朱景を囲む赤妃たちを遠巻きに見ている年若い女性たち。おそらく、また別の部族の太子妃だろうか。少し前とは異なり、最近では公主でも宮城の部族の本拠で育てられることが増えてきたというから、公主の可能性も高い。

「威の者は、男も女も高大民族に比べると積極的なのよ。……いつ死んじゃうかわからないから、その時に一番一緒に居たい者に対して素直なの」

威国の人々の特性なのだろうか、サラッと怖いことを言う。だが、この国で生きることを決めたのは自分で、朱景を巻き込んだのも自分だ。

「……わたくしは、これまでもこれからも、命がけで朱景と一緒に居ります。『その時に一番一緒に居たい』程度では、とうてい譲れません」

引き離されて、お互いに一人で死んでいくかもしれない未来が嫌だった。ずっと一緒にいる未来のために、国境だって越えたのだ。

「言うじゃない。……だったら、しっかりね。二人に必要なのは、あとは、じっくり話し合うことぐらいだと思うから」

黒公主がのばした手で、榴花の肩を軽くたたいた。これで榴花よりも、朱景よりも年下だというのだから、威国の女性の早熟っぷりは、計り知れない。

「そのじっくり話し合うが難しいのですよ、華国人にとっては……」

遠回しな言葉を交わし合うことで、腹の探り合いに興じるのが華国風だ。

「……呆れずに、見守ってくださいます？」

でも、そろそろ身も心も威国の民になってもいいのではないだろうか。

「もちろんよ。……最初に言ったでしょう。『本当に応援する』って」

同じ公主という立場にあった。でも、榴花は一度として、華国の宮城で仕えられる側として頭を下げられたことがない。あの宮城では、捨て駒として榴花たちを送り出す華王の前で、頭を下げたことがあるだけだ。いまとなっては、なぜあの華王に頭を下げねばならなかったのかわからない。

「威国にお召しいただきましたこと、心から感謝しております。今後とも誠心誠意、黒公主様にお仕えいたします」

頭を下げるのであれば、黒公主のような存在の前で、がいい。強くて、大胆で、無茶をするけど、榴花を信じて見守ってくれて、応援だってしてくれるのだから。

「誠意の詰まった庭園を期待しているわ」

……この部分は、まだちょっと理解できないけれど。

■　六　■

清明節が終わり、相国に行っていた蒼太子と蒼妃が宮城に戻ってきた。

さっそく見本の小規模庭園を見に来た蒼妃は、夕暮れの四阿で、蒼太子の奏でる笛の甘い旋律に耳を傾けていた。蒼部族の求婚の音楽だという話で、とりあえず誰も邪魔しないように、本日の見学者には、二人のいる場所を避けた案内をしている。

「どうぞ、こちらに。足元に段差がございますので、お気をつけください」

侍女時代に鍛えた物腰のやわらかさはそのままに、背が伸び、顔つき体つきが男性的になった朱景は、庭を見学に来た女性たちから案内役に指名されている。

じっくり話すように、黒公主から言われているが、その時間がない。朝から夕方まで見本の庭を見学するお客様の対応に追われ、夜は見学者からもらった意見をまとめているうちに就寝時間になる。見学者からの感想や意見は、首長のご依頼に応じた庭造りを進める上での参考になるので、疎かにできない。

「朱景は、妃位の方々や公主様方と話すのが、それほど苦ではなさそうで羨ましいわ。わたくしは、まだまだ威国語がちゃんと話せているか不安で、必要最低限の会話しかできなくて……」

見学者の案内を終えて戻った朱景に、あまり指名を受けない案内人である榴花は声を掛けた。

「長く侍女をやっていたせいでしょうか、業務上交流を持たねばならない女性との会話が苦ではないんです。定型化された話題というのがありますので。むしろ、この国の男性と話すのが苦手です。興味の方向性が違いすぎて」

言いたいことがわかりすぎる。

「ある意味、悩みは同じね。異性との会話は、適度な距離を置いて話すからなんとかなるけれど、同性との会話は厳しいわ。威国の方々は積極的に距離を詰めてくるから」

作品に思い入れの強い見学者は、庭に対して意見を言うにも熱の入り方が桁違いで、かなり前のめりなのだ。

「距離を詰められたことが？　大丈夫ですか？」

慌てる朱景を、微笑んで宥めた。

「大丈夫よ。女性の庭へのこだわりは、とても勉強になるわ。男性であっても一介の庭師に用件なんて、ご自身の妃に贈る花を見繕ってほしいとか、そういうことがほとんどよ。それはそれで、どういう花に人気があるかを知る機会だと思っているの。花園に植える花の種類を決めるのに参考になるでしょう？　……そうそう、花を贈るのも大衆小説の影響らしいわ。だから、読んでいそうな女のわたくしにお尋ねになるようよ。朱景は、妃位の方々や公主様方からなにか無茶なことは言われていない？」

説明に納得半分・安心半分の表情で、朱景も結構大変だという話を聞かせてくれた。

「無茶というか……、僕が大衆小説を読んでいることは、みなさんご存じなので、恋愛相談を受けます。といっても、だいたい『太子がわかってくれない』という感じの愚痴《ぐち》ですね。確たる身分のない一介の庭師ですから、作業の手が止められたとしても、太子妃様や公主様を突き放すようなことも言えません。黙って聞き役に徹するのみです」

恋愛相談、という言葉は、あまり心穏やかで居られない言葉だ。

「……そんなに、相談してくる太子妃様や公主様がいらっしゃるの？」

「かつては、公主様たちを部族の本拠でお育てだったようですが、国家間での戦いがなくなった最近では元都にいるほうが何かと得るものがあるという時代になったらしく、宮城の部族の幕営でお過ごしの公主様も多いようです。そうなると、どうしてもやがては嫁ぐことになるかもしれないほかの部族の太子様たちが視界に入るわけで……」

そこに恋が芽生えてしまうということか。榴花は理解した。

だが、最近の傾向の理由は、榴花が聞いているものと違っていた。

「それ、半分ぐらいは黒公主様の影響よ。本の貸し出しは基本的に一人一冊だから、部族に女性が多いほうがまとめて借りて読めるって……。得るものは、より多くの本なのよ」

そうして借りた大衆小説で恋心を刺激された女性たちが、現実の恋に悩み、朱景に相談しているという構図のようだ。

「なるほど。影響が大きいですね。……私もそうですが、真永殿も太子妃様や公主様に、読めてもわからない部分とかを聞かれたことがあったらしいですよ。その真永殿が凌国に帰国されたので、より多く僕のところに質問が回ってくるのでしょうか。もっとも、真永殿は太子妃様方でも近寄りがたいところがあるので、凌国から招かれた建設関連の技術者のほうで質問を受けることが多かったようですが。あ、質問というのは、主に、大衆小説に出てくる年中行事や道具の名前が、読めてもどういうものなのかわからないから説明してほしいというものですね」

もう恋愛も、聞き上手かどうかも関係ないではないか。

「それくらい、私でも答えられるのに」

言い方が、少々拗ねた感じになってしまった。いよいよ、榴花も威国の気質に染まってきたのかもしれない。

「そこは、榴花様より私のほうが、幕舎の外に出ていることが多いからでしょう。……あとは、やはり榴花様には華国の気品が漂っていらっしゃるからかもしれないですね」

まだ幕舎の外だから、『公主』の二字は入っていないが、朱景の『榴花公主』への扱いは変わらない。

「そうかしら……。そんなことを言うのは、きっと朱景だけよ。朱景ほどじゃなくても幕舎の外での作業があるし、馬に乗る訓練も続けているわ。おかげですっかり日焼けして、誰からどう見たって、庭師だと思うわ。……もう公主だったことなんて、忘れたわ」

朱景への少しばかりの反抗を含ませた。

きっと、彼女たちは、朱景と話がしたいだけなのではないか。それを羨ましいと思う自分がいる。かつて、朱景とは、なんだって話した。公主と侍女だった時のほうが、ずっと近くに居られた。訪れる者のない離宮で二人、お互いだけを話し相手に過ごしていたから。でも、いまの自分は、朱景と話す内容を選んでしまうようになった。とてもじゃないが、彼を相手に恋の話をすることなんてできない。

威国に来たことで、榴花と朱景の距離感は変わってしまった。それは、自分の側が変わってしまったからなのだろうか。榴花には、黒公主の言う『じっくり話し合う』機会を得るのが、少し怖い。近すぎた二人の関係と、遠くなった二人の関係。話し合いは、その距離感を決定づけてしまうものになるかもしれないから。

「少し、風が出てきましたね。……この国の春は、草原をわたる風が強くて、少し寒いですね。榴花様、こちらの外套を」

榴花の侍女であった頃と同じように、恭《うやうや》しく榴花に外套を着せかける。

「どうかなさいましたか、榴花様。そのように難しいお顔をなさって……」

自分たちの距離感は、本当に近いのだろうか。本当は、主従という距離を保ち続けていて、それは、決して直接触れることのない距離を、これからも保ち続けていくのではあるまいか。

「どうもならないから、こんな顔しているのよ」

華国に帰ることで、引き離されることが怖かった。そのこと自体は、朱景から自分も同じだと言ってもらった。引き離されないために、これからも二人で一緒にいるために威国へ行くと二人で決めた。でも、そこで朱景が考えていた距離感は、主従のままのそれだったのではないだろうか。

「朱景。外套くらい自分で着られるわ。……わたくしは、もう公主ではないのよ」

榴花の言葉にも、朱景の手が止まることはなかった。

「ちゃんとわかっています。でも、私にとって、榴花様は、いつまでも榴花様です」

いつまでも主従のまま。そう言われている気がした。それでは、自分だけがこれからも話の輪の外から誰かと笑って話す朱景を眺めているだけだ。

「朱景。……あなた、なにもわかっていないわ」

呟きと同時に、榴花は自分から朱景との距離を離した。

いつまでも朱景がわからないのなら、わからせるまでだ。

榴花は、目の前に広がる草原を眺め、決意を新たにした。

「うん。わたくし……わたしも、威国人らしくなってきたじゃない」

ここは、薄暗く、狭く、閉鎖的な離宮ではない。明るく、空は広く、解放感に満ちた草原の国だ。生きる場所として、榴花自身がこの国を選んだのだ。どこまでも、この国の色に染まってしまおう。凌国の青も、相国の白も、華国の紅を塗りつぶしてはくれない。華国から引きずってきた、すべてを塗りつぶしてくれるのは、威国の黒だけだから。

■　七　■

じっくりと話し合う機会を得られないまま、榴花と朱景は首長依頼の大庭園造りに着手した。威国に招かれた高大民族の庭師という肩書の本領を発揮し、神仙思想に基づく、正統派の華国風庭園が、宮城の草原に造られていく。

大庭園の全体像が徐々に見えてきたあたりから、造園依頼の関所だった黒公主の脇をすり抜け、二人に直接依頼をしたいと声がかかるようになってきた。

だが、榴花は、朱景と二人で話そうとしている誰かを見かけたら、必ずその場に押し入ることにして、相手の仕事依頼の本気度を見るようになった。おかげで、朱景に声を掛ける女性は、徐々に減ってきている。

ただ、それでも熱心に朱景に声を掛けてくるのが、例の赤妃だった。

「造園の御依頼でしたら、わたしも、一緒にお話を伺いますが？」

榴花は、今日もまた朱景と二人で話している赤妃を見て、声を掛けた。もちろん、ただ二人の間に割って入るだけに留まらない。

「黒公主様にお招きいただいた庭師は、わたしたち『二人』です。どちらか一人で庭を造るわけではありません。二人で、ご希望に沿った庭を造るんです。ですから、造園のご相談には、朱景一人でなく、わたしもお呼びいただけますか？」

太子妃や公主と積極的に交流を持とうとしなかった女庭師のこの変化を、赤妃が歓迎するわけもなく、ほとんどの者が怯む鋭い視線と強い口調で、榴花に圧力をかけようとしてきた。

「まあ、必死だこと。……そんなに朱景を奪われるのが怖いの？　大事な手駒ですものね。でも、このままでは、朱景の才能が埋もれてしまうわ。貴女の言いなりになって造る庭ばかりなんですもの」

誤解である。榴花は一人で庭の設計を決めているわけではない。そもそも、造園の仕事は、依頼者の希望に沿った庭を造っているのであって、榴花の押し付けなどない。

「ご依頼のご相談でないなら、お引き取りいただけますか？」

呆れていることを隠さない口調で、榴花は赤妃にお帰りいただけるように言った。

「あたしは、造園の依頼をしに来たわけじゃないの。朱景に、あたし専用の庭師になってもらいに来たのよ！」

実際に、それを望んでいるんだとしても、人目のあるところでその発言をすることは浅慮である。

「先ほども申しました通り、わたしたち二人は、黒公主様にお招きいただいた庭師にございます。……赤妃様は、黒部族の臣下を赤部族に引き抜こうとおっしゃるのですか？　黒部族と事を構えるのを、赤太子様はお許しになっているのでしょうか？」

赤太子は、まだ太子である。次期首長候補の一人として数えられている身なので、当代の首長を出した黒部族と対立して、首長指名で不利になるようなことは許可しないはずだ。

このあたりの政治的な機微は、放置されていたとはいえあの粛清王から逃げ切った榴花が、祖国で磨き上げた感覚である。

案の定、赤妃は悔しげに黙り込んだ。榴花の発言を肯定しているようなものだ。

沈黙する赤妃に、朱景が榴花の傍らから半歩前に出る。

「……赤妃様。お誘いは、ご評価いただいたものとして、嬉しく存じます」

一瞬、赤妃の顔が歪《ゆが》んだ笑みを浮かべた。だが、それを視界に入れることなく、朱景がその場で立礼し、力強い声で赤妃への拒絶を宣言した。

「ですが、お断りいたします」

息を飲んだ赤妃を前に顔を上げた朱景が、先ほどまでの力強さをどこかに置き忘れたようなやわやわとした笑みを浮かべる。

「私が必要としているのは、榴花……一人でございますので」

初めて、『様』なしで呼ばれた。榴花は、内心嬉しくてたまらない。

「私は彼女の押し付けで、庭を造っているわけではありません。彼女と……榴花とともに造る庭でなければ、私にとっては、とても空虚な庭になるでしょう」

斜めに半歩ほど前に出ている朱景の声が、彼より後ろにいる榴花の胸に強く響く。

「私はどんな庭にするかを考える際に、依頼者の方が一緒に庭を眺める人と、どのような時間を過ごしたいかを想像して決めています。……その根底にあるのは、私が榴花と共に過ごした祖国の庭です。榴花と二人で、この庭をどんなふうに飾って眺めようか、そう思うことで庭が色づいていったんです。……赤妃様も、どうぞ赤太子様と一緒に、庭を眺めてお過ごしください」

そこで言葉を区切った朱景は、改めて赤妃に立礼すると、榴花の手を引いて庭園の奥へと進んでいく。

たどりついたのは、庭園の中でも最も小規模に再現された庭だった。

「この庭……、いつの間に……？」

そこにあったのは、どこかの作品の再現ではない。永夏の榴花庭園を小さくしたような構成だった。二人が生き抜くために集めて育てた野菜と果樹。庭園というにはあまりにも生活のための空間だったあの場所。まだ一年と経っていないのに、胸に懐かしさがこみあげてきた。

「黒公主様に、造園の報酬として、この場所をいただきました」

「……え、亡命して、生活の面倒も見てもらっている上に報酬をいただいたの……？」

榴花は、黒公主から生活の面倒を見てもらっていることが報酬だと思っていた。

「別件で、少し報酬をいただいてもいいことがあったので」

朱景が思い出し笑いで肩を揺らす。

「……なによ、それ？」

「そのうちわかりますよ」

空笑いで誤魔化して、朱景が近くの桃の木の枝先に触れる。枝を、葉を、その実を傷つけないように、そっと優しく、慈しむように。

「ここは、もう戻らない場所です。……僕たち二人が祖国に置いてきた場所だ。今では菜園も果樹園もきっとダメになってしまっている。だから、これは僕たちの思い出の中の庭を再現したものです」

言われて実感する。自分たちは、あの場所を捨ててきた。あれほど、大事にして、あんなにも自分たちを生かしてくれた場所を放ってきた。春節の直前、相へ向かうことになった時、もう帰れないかもしれないと思っていたから、二人で泣きながら庭の手入れをした。

あの庭に、帰ろうと思えば帰れた。でも、捨てた。朱景と二人で生きていくために。

「実がなる桃の木を、手配したのね」

庭園に植える、花を観賞するための桃の木ではなかった。

「貴女と出逢った、大事な切っ掛けの果実ですから」

背が高くなった朱景は、榴花では届かない高さに生っている桃の実をもぎ取る。

少し屈んだ朱景から手渡された桃の実を見つめ、出逢った日のことを思い出す。

「榴花様、これからも貴女の庭に私を置いていただけますか？」

また、『様』付きに戻ってしまった。でも、主従の距離は感じない。いまようやく、自分たちが適切な距離に立ったのを感じる。

「……わたしの庭じゃないわ」

朱景と出逢ったあの日、榴花の目に映る世界が色彩を帯びた。花や葉、枝から幹に至るまで、初めて意味あるものに映った。

「わたしと朱景が、二人で造っていく庭でしょう？」

榴花は、桃の実を再び朱景の手に乗せる。

朱景と一緒に造る庭でなければ、どんなに美しくても、榴花にとって意味がない。

桃の実ごと、朱景の手を包み込んだ。榴花の手ではもう包みきれないほど、手の大きさが違ってしまったけれど、まだ閉じ込めていたい。

「もっと、いい庭をたくさん作りましょうね、朱景」

きっと、今までで一番素直に笑えている。心の底から、朱景と一緒に居たいと思うだけでなく、一緒に居てくれると信じているから。

■　八　■

榴花と朱景の幕舎に、ちょっと懐かしい客人が来たのは、華国に住んでいた頃で考えると、中元節の頃だった。

「……へえ、お二人を題材にした大衆小説があるのですか？」

客人なのに、なぜか自ら人数分の茶を淹れているのは、相国の太監である秋徳だった。

「そうなのよ。ほぼ朱景がわたしに言ったそのままが台詞になっているのよ。もう、いったいどこから……」

榴花は、久しぶりに飲む高大民族的なお茶に、頬を緩めながらも、愚痴った。

「いや、それ一人しかいないと思いますけど……」

秋徳が空笑いする。やや遠回しな言い方が、なんだか懐かしい。

「それが初の威国で書かれた完全新作の大衆小説なんですよ」

朱景は、秋徳がお茶を淹れる動作を熱心に見ながら、情報を補足した。覚えて、あとで美味しいお茶を淹れてくれるそうだ。

「相の皇帝陛下は、いつ到着されるご予定なの？」

「状況が状況でしたから、中央との争いの決着がついてから、こちらに向かわれるのだと思います。でも、到着予定ぐらいは、そろそろ届くのではないかと」

秋徳が、己の主と離れて元都を目指してからの日数を指折り数えている。

「それにしても、華国がまたも相国に多大なるご迷惑をおかけしたようで……」

榴花は盛大なため息をついた。あろうことか、あの華王が相に来て大暴れし、去ったと思ったら、大陸中央と結託して、相国に争いを仕掛けたらしいのだ。

「いえいえ。……お二人は、もう威国の民ではないですか。華王陛下のなさったことの責はございませんよ」

秋徳が明るく言うのに、納得しなくもない。榴花と朱景にとって、華国はすでに自分の国と呼べる国ではなくなった。生まれた国ではある、それだけだ。

「でも、陶蓮殿にお会いしたら、色々と謝りたいわ。……ご一緒なんでしょう？」

威国に来て約半年。いつの間にか、榴花も黒公主の呼び方が移ってしまった。

「ええ、ご一緒のはずです。けど、お話を伺った限りですと、お二人が作った庭をお見せになるのが、あの方には一番のお礼になるのではないでしょうか？」

喜んでくれるだろうか。榴花は瞼《まぶた》を閉じ、お茶の香りをたっぷりと楽しんでから答えた。

「そうね。……早くいらっしゃらないかしら。ずっとあの庭を見てほしいと思っていたの。だって、彼女がつないでくれた命が、いまの庭師としての人生につながったんですもの。

だから、わたしと朱景だけで造ったわけじゃなくて、黒公主様に蒼妃様、それに陶蓮殿で造った庭なのよ」

朱景と目が合う。彼もまた頷いた。

そこに、新たな客人が訪ねてきた。誰かと思えば、宮城からの伝令だった。

「失礼いたします。……首長がお二人をお召しに……、おや、相国からのお客人もこちらにいらっしゃいましたか。ちょうどいいです、貴方のことも首長はお召しでしたので。ご一緒に宮城に来ていただけますでしょうか」

言われて、首を傾げたのは秋徳だった。

「威首長様が、我々、三人をお召しに？」

「はい。蒼太子様と蒼妃様にもお声がかかっておられます」

秋徳の疑問に答えた伝令が、三人に宮城へ向かう支度を促す。

「……いったい、なにごとでしょうか？」

榴花は、嫌な予感を覚えながら、幕舎から見える宮城を見上げ、そう呟いた。

第五話

斗酒隻鶏〔としゅせきけい〕

■ 一 ■

威首長のお召しという話だったが、朱景はなぜ自身が呼ばれたのか、まったくわからないまま、榴花の斜め後ろに控えていた。

その場には、蒼太子と蒼妃がいた。さらに、相国太監である秋徳までもいる。三人はともかく、政を離れた庭師二人を同席とは、よほどのことが起きたのだろう。しかも、ほかの者は下げられ、護衛役さえも謁見の間である大広間の扉の外へと出て行った。

「まだ、多くに知られるわけにいかない。できるだけ、近くへ」

厳《おごそ》かな声の威首長に言われて、場に残った全員が玉座の近くに移動した。玉座の間近ではあるが、威国式の立礼で、立った状態のまま首《こうべ》を垂《た》れる。

なにごとだろう。緊張から誰も声を発することなく、威首長の言葉を待った。

「……黒太子から急ぎの報せが先ほど届いた。相国先帝、今上帝と皇后、華王が崩御《ほうぎょ》されたそうだ」

御前にあって、朱景は思わず下げていた頭を上げてしまった。

「主上と皇后様が……」

秋徳が呟き、それ以上の言葉を失うも、威首長の御前でギリギリ礼節を保って姿勢を崩しはしなかった。蒼妃は、さすがに膝から力が抜け、蒼太子に支えられていた。

「白鷺宮が帝位を継いだともあったが、詳しいことは、黒太子と黒公主が元都に戻ってから確認することになる。伝えるべきは以上だ、下がるがよい」

「首長、それは……」

蒼妃は言いかけて止めた。蒼太子、秋徳も確認のしようがない様子で押し黙る。

衝撃の度合いは、それぞれだった。特に、父と弟を一度に亡くした蒼妃の衝撃は、相当だったと思われる。あの気丈な印象の女性が、夫である蒼太子の支えなしには立っていられない状態だった。比べれば、朱景は、そこまでではない。ただ、朱景の中にあるのは、この世に唯一残された血縁、陶蓮珠の安否だった。

『相国先帝、今上帝と皇后、華王が崩御されたそうだ』

威首長は、そうおっしゃった。では、その皇后は、どちらだ。

朱家の血筋は、信念を貫く。父も姉たちもそうだった。

蓮珠は、皇后として生きろと言われたなら、皇后としてどんな状況であろうとも生きることを諦めずに進み、活路を見出すだろう。だが、もし、先に今上帝の死があったなら、殉《じゅん》じるだろうとも思う。

「朱景……」

榴花の弱々しい声で、朱景は思考を切り替える。

「御身に触れることをお許しください。支えます。……この場を下がりましょう」

朱景は榴花を促し、同時にその場のほかの人々にも視線で大広間を下がることを促した。

榴花は朱景が、蒼妃は蒼太子が支えて歩むことで、自身が歩むことも支えていた。そう考えると、強い主従の絆《きずな》を失いながらも自身を支えて下がらねばならない秋徳の姿は、朱景の胸を痛ませた。

どれほど関係が変わろうと、榴花と朱景の間にある絆の根幹は主従関係だ。榴花という主を失った時の従者としての喪失感を想像すれば、秋徳の心の乱れは察するに余りある。

「……秋徳殿、黒太子様たちの御帰りをお待ちしましょう」

榴花から離れるわけにはいかない。朱景は秋徳に声だけ掛けた。ただひたすらに石床を見つめ俯いていた秋徳が、ハッとしたように顔を上げる。

「は、はい。……ありがとうございます、朱景殿」

秋徳が、顔を上げて歩き出す。これで最悪の選択をすることは避けられるだろう。朱景は、少しだけ安堵する。なにも、朱家だけが、信念を貫き、主に殉じようとするわけではない。秋徳の謝辞《しゃじ》は、自身が殉じようとしていることを自覚したのだろう。顔を上げたのなら、少なくとも黒太子の帰都までは大丈夫だろう。

だが、その先で彼がどんな選択をしても、朱景に止めるつもりはない。彼が殉ずることを選んだのであれば、ちゃんと見送るつもりだ。主を失った従者の心の痛みばかりは、この場のほかの方々には想像できないだろうから。

■　二　■

自分たちの幕舎に戻るまで、榴花も無言だった。幕舎の奥に置かれた長椅子に腰を下ろして、ようやく小さく呟いた。

「華王……陛下が……」

朱景もまた椅子に腰かけるが、榴花に掛けるべき言葉は出てこなかった。これには、朱景自身が華王の死をどう受け止めるべきかわからないということが大きかった。

華王は、朱家を潰した仇敵ではあった。その死を聞いて、悲しいとは思えないが、嬉しくもなかった。

華王は華国にとって美しすぎる毒花であり、同時に巨大な支柱のような存在だったのだ。その美の概念を具現化した容姿だけで、他を圧することができた。政策の対立で不満を抱いて御前に乗り込んだ者が居たとしても、最終的に文句ひとつ言えぬままひれ伏すよりないのだ。今後、あの傾きかけていた華国では、これまで押さえ込まれてきた不満が、制御する者なしに飛び交うことになる。

「相国は白鷺宮様が……。では、華は……誰が継ぐのかしら？」

榴花の呟きに、朱景は首を振った。華王は自身の王位を継ぐ者を決めていなかったはずだ。この先の政治的混乱は避けられないだろう。

熟し過ぎた果実、それが華国だった。あの国の政は内側から腐りはじめていた。それに伴って、経済も外交も少しずつうまくいかなくなっていた。それでも、まだ大国の玉座には、うま味がある。玉座を巡る争いは、きっと激しいものになる。

「おそらく、誰も玉座を温めることはできないでしょう……。陛下は、明確に玉座を継ぐことが出来るお血筋を残されておりませんから」

私腹を肥やすことにしか興味のない上級貴族たち。それらを政から遠ざけ、文化水準を上げることに邁進《まいしん》させたのが華王だった。政の中枢にいたのは、身分が高くないが故に特権を持たない中級貴族たちだった。彼らは国の立て直しをしようとしていた。だが、肝心なところで、上級貴族のような特権がないため、政策は国の隅々にいきわたらないまま立ち消えていった。

「今後は、上級貴族が玉座を奪い合うことになりますよ。ですが、政から遠ざけられていた者たちに玉座を維持する力はないでしょう」

「……朱家が残っていたなら、違ったかしら」

その言葉に含まれる罪悪感に、苦笑する。

「無理ですよ。……朱家は策謀《さくぼう》には向いていないんです。すぐに潰されてしまう。まして、政から遠ざかって久しい私では、三日ともたない。……だから、私はここに、威国にいるほうがいい」

榴花の小さな唇が安堵の息をつく。

その横顔を眺め、朱景は、朱家の血のつながりを断つと互いに決めた相手を思う。

宮城で首長の話を聞いたときは、蓮珠が皇后として死んだか否かを考えた。だが、榴花と華国の玉座の話をしているうちに、ある可能性が胸のうちに浮かび上がってきた。

もし、帝位を継いだ白鷺宮が郭翔央その人であったなら、彼女もまたその傍らにいる可能性が高い。そして、そのことは、彼女が偽りでなく、本当に皇帝の玉座の傍らに侍る者となる可能性を示している。

そのことが、彼女のこれからをどんなふうに変えてしまうのだろう。

そして、もう一人、これからが気になる人がいる。

「どうしたの？」

「いえ。……私如きが、その心中を察するようなことを口にするのは、大変恐れ多いことなのですが……」

秋徳を振り返った時、閉まりかけた謁見の間の扉から、玉座の人が見えた。護衛たちを追い出し、自分たちを早く下がらせたのは、きっと耐え難かったのだろう。

玉座の首長が、沈痛の面持ちで涙していたように見えた。

「玉座に在る御方というのは、孤独なものだと……」

あの涙は、誰を想ってのものなのだろうか。

■三■

誰も居なくなった大広間。外に漏れ聞こえることがないように、玉座に深く腰掛けた威国の首長は掠《かす》れ声で呟いた。

「なぜだ、なぜだ、至誠。あれほど、あれほど誓ったではないか……」

友が逝《い》った。騎馬民族に生まれ、戦いの人生で、そんなことは何度でもあった。だが、あの友だけは特別だったのだ。

まだ玉座から遠い若い頃、共に同族から命を狙われる状況の中で出逢い、共に生き抜くことを誓った。いつか、この生きるために逃げ回る日々を笑い話にして、酒器を心行くまで満たそうと、そんな約束もした。

お互いがお互いの国の頂点に立ったならば、戦争を終わらせようと尽力し、多くの困難を排除して、ようやくその日にたどり着いたのは、わずか五年ほど前のことだ。

互いの子どもの婚姻関係を結び、交易も行ない、信頼を積み重ねてきた。密談を重ねるのではなく、誰の前でも堂々とお互いが友であることを公言できるその日を、ただひたすらに待ちわびていた。

「なのに……なぜ、一人で先に逝きよった！」

凌でなく威に行くと連絡が来た時、それが国のために国を出ていかねばならないという本人が望んでいないだろう形であったとしても、心が躍った。ようやく、自国で友を迎えられるのだと、そう思って。

親、兄弟姉妹、味方、敵、たくさんの死を見てきた。誰か一人が死んだくらいで、なにかを感じることなど、もうないと思っていた。

そんなことはない。その名を知り、その心を知る誰かの死に、慣れることなどないのだ。まして、あの友を喪《うしな》うことは、半身を引き裂かれたようなものなのだから。

誰も信じられなくなった戦場で、ただ一人、信じることができた存在だったのだ。誰のために生き、誰のために戦い、どうして死んでいかねばならないのか、まったくわからなくなってしまったままで、ただただ戦場に立ち続けた日々に、意味を与えてくれた友だった。自分のために生き、自分のために戦い、誰の悪意に晒されようとも生き抜くのだ、と。生きようと思えた、同族が遠ざけようとするなら、その玉座を自分が手に入れてやる、そう思えた。

同時に、友が生きる世界を、より良くしたいと思うようになった。ただ『目の前の戦いを切り抜ければそれでいい』では終わらない、国の先々を考えて、何かを成すことが大切なのだと思えたのも、あの友がいたからだ。いま自分が生きていることにつながる、なにもかもに、あの友が意味を与えてくれたのだ。

その友が逝った。一時に失われた命の数からいって、きっと戦いの中で死んだ。もし、その場に自分が居たなら剣となり盾となり、守ることもできただろうか。こちらへ来ると連絡を受けたあの時、迎えに行けばよかった。きっと、その亡骸《なきがら》は国境を越えることなく、相国内のどこかに運ばれて行く。死に顔を、その死に顔を見ることさえもできない。あと少し、ほんの数日後には会えるはずだったのに、もう永遠に会うことは叶わない。あれほど、繰り返し繰り返し、再会を誓ってきたのに。

「…………潰すか、大陸中央も華国も、もう二度と立ち上がれないほどに。ああ、そうだ。

完膚《かんぷ》なきまでに潰してやろう。我が友の弔《とむら》いとして！」

玉座に在るが故に飲み込まねばならない慟哭《どうこく》は、抑えがたい憤りとなって、誰もいない大広間の隅々にまで響き渡った。

双葉文庫

あ-60-10

後宮《こうきゅう》の花《はな》は偽《いつわ》りを愛《め》でる

2023年8月9日　第1刷発行

【著者】
天城智尋《あまぎちひろ》

【発行者】
島野浩二
【発行所】
株式会社双葉社
〒162-8540 東京都新宿区東五軒町3番28号
［電話］03-5261-4818(営業部)　03-5261-4851(編集部)
www.futabasha.co.jp(双葉社の書籍・コミックが買えます)
【印刷所】
中央精版印刷株式会社
【製本所】
中央精版印刷株式会社

【フォーマット・デザイン】
日下潤一

ISBN978-4-575-52685-1 C0193
Printed in Japan

FUTABA BUNKO

時給三〇〇円の死神
The wage of Angel of Death is 300yen per hour.
藤まる
「それじゃあキミを死神として採用するね」ある日、高校生の佐倉真司は同級生の花森雪希から「死神」のアルバイトに誘われる。曰く「死神」の仕事とは、成仏できずにこの世に残る「死者」の未練を晴らし、あの世へと見送ることらしい。あまりに現実離れした話に、不審を抱く佐倉。しかし、「半年間勤め上げれば、どんな願いも叶えてもらえる」という話などを聞き、疑いながらも死神のアルバイトを始めることとなり——。死者たちが抱える切なすぎる未練、願いに涙が止まらない、感動の物語。

発行・株式会社　双葉社